眼睛为你下着雨，心却为你打着伞

张 莹 ◎ 著

图书在版编目(CIP)数据

眼睛为你下着雨,心却为你打着伞 / 张莹著. -- 北京:中国致公出版社,2018
ISBN 978-7-5145-1213-7

Ⅰ.①眼… Ⅱ.①张… Ⅲ.①故事—作品集—中国—当代 Ⅳ.①I247.81

中国版本图书馆CIP数据核字(2018)第023688号

眼睛为你下着雨,心却为你打着伞
张莹 著

| 责任编辑:蒋晓舟
| 责任印制:岳 珍

出版发行 中国致公出版社 China Zhigong Press

| 地　　址:北京市海淀区翠微路2号院科贸楼
| 邮　　编:100036
| 电　　话:010—85869872(发行部)
| 经　　销:全国新华书店
| 印　　刷:天津旭丰源印刷有限公司
| 开　　本:880毫米×1230毫米　1/32
| 印　　张:8
| 字　　数:196千字
| 版　　次:2018年5月第1版　2018年5月第1次印刷
| 定　　价:39.80元

版权所有,未经书面许可,不得转载、复制、翻印,违者必究。

序言　怜相伴

初次看到这三个字,顿时怔住,继而泪湿。

怜惜啊,每一次相伴。

从葱翠少年,到苍绿的老年,哪一刻,没有一段刻骨铭心的情谊相随?

少年时,爱是清冽冽的,透着蓝天里悠远的美。不言不语,是初见时候的神秘,心动,以至心潮澎湃,却又不动声色。而有时候,又是刹那的惊鸿。所有的那些微妙啊,都似万马奔腾,在少年的心底,轰隆隆奔腾而过,留下一抹,阳春白雪,纯净的,青春的美。

渐渐长大,无所顾忌。此刻,爱情是一场纠缠——只要你一个,有你,足矣。爱得是如此用力啊,怕跑了,怕丢了;又是这样的辛苦迷茫,痴痴寻找,就是放不过自己。

要花枝招展,要风情万种,要缜密饱满,要波澜壮阔,要独自所有,要的就是个斩钉截铁,不管不顾……却忘记了,爱情也是毒啊,不小心,中了毒,反误了卿卿性命。

在缤纷芜杂的人生里，爱情不过是一个小小的驿站，停留得长也好短也罢，总会繁华落尽，旖旎而过，最终落到凡俗的烟火中，缓缓而过。

年轻的人啊，好似历经沧桑，百折千回，参透了爱情，悟出了人生。其实，不过是褪去了几许青涩与稚嫩，多了一份爱的敦厚、沉稳。

当所有的纠结，都在成长里风轻云淡；所有的爱与哀愁，都在秋天长水里，化为若有若无的印迹……一切，才开始开花，然后，在秋天里，结果。

渐渐地，你会看到时光的苍绿、安静、璀璨。你也终会发现，光阴赠予人最好的，是沉淀下的情，哪怕有那么多的来不及，也总会有一些美——简单纯净，波澜不惊，如小桥流水般，留在记忆里——相惜，相伴。

虽然有风吹过，却因为，有爱一路相随，即便日子一点点沉寂，也总会在那些最美的刹那，被岁月铭记，悄悄地在心里凝固，想起时，满目碧绿，倒也倾城。

被风吹过，爱芬芳，怜相伴。

目 录

第一章 / 锦年情事

所谓锦年,与雍容繁华无关,只是每一个美好的日子,都有那怦然心动的情事,从容、浓烈、决然……而哪一个,都是在素白的日子里,兀自开出一朵白莲花,开呀开,美啊美。

亲爱的青春年少　/　002

11月1日,山楂物语　/　011

有双温暖的手从心滑过　/　019

被风吹过的爱情季节　/　026

我知道,你的爱也是一样芬芳　/　033

第二章 / 咫尺天涯

谁不向往一段浪漫的爱情？可是，多少年以后，那样的一段光阴，在内心，疏忽透明而冰凉了，其实，那只是你自己的独角戏。顷刻，咫尺天涯，只有风知道。

她的城　/　042
只能爱到这里了　/　050
谁是谁的谁　/　059
亲爱的，我爱你　/　068
来世爱你，我的疯丫头　/　081

第三章 / 独自清欢

爱上一个人，一定是乖巧的，一定愿意低下头，一定愿意奢靡阑珊，可是，无遮无拦无畏无惧，一步步逼来，是激滟，如化石，只能是个传说，如此而已。

请你纯洁地来爱我 / 090
天使带回遗落的爱 / 098
一江春水向东流 / 105

第四章 / 别无居处

死者,可以生;生者,可以死,唯有情。情不知所起,一往而情深,刹那,惊心,欢喜,却总是,凄凉春浇透,无所从,无所去。

我以我的方式爱着你 / 116

谁骗了我,谁爱着我? / 124

我终于失去了你 / 131

小城故事 / 140

非常美,非常罪 / 147

第五章 / 素心执手

> 到底走多远,才能走到爱的尽头?一碗粥,一碟菜,一个对视,一把相扶,是素花对素心人啊,落到烟火里的,才是啊,自身有它脚踏实地的温暖。

玻璃翠的生命有多长 / 150

初恋不是爱情 / 158

生命是棵开花的树 / 167

像爱他一样爱你 / 175

素色情缘 / 184

第六章 / 温婉流年

天很蓝,像许多年前的青春。那欢喜雀跃的爱啊,是光阴赠予的奢华。舍不得啊舍不得,凝眸,已是闲负手,永欢喜。

时间煮爱　/　194

有些爱情是用来浪费的　/　208

爱情不是你想象的那样　/　211

爱情玲珑心　/　215

第七章 / 恋恋絮语

总有一些絮语,是经了岁月砥砺,才让人知晓,那原是锦缎里低眉开着的花,不妖娆,不张扬,暗自芬芳,浸染着似水流年,美眷如花。

路途遥远,让我们在一起吧 / 220
给婚姻做道减法 / 223
爱情的生路 / 225
你的右边坐着谁 / 228
爱的救赎 / 230

第八章 / 淡然安放

人生的长河里,凡事总要有个尘埃落定,淡然安放。自此,行走江湖,各自珍重。

岁月,静好 / 234

爱他,就心疼他 / 236

爱情在淡然中生长 / 238

爱惊梦 / 240

第一章 / 锦年情事

所谓锦年,与雍容繁华无关,
只是每一个美好的日子,都有那怦然心动的情事,
从容、浓烈、决然……
而哪一个,都是在素白的日子里,
兀自开出一朵白莲花,开呀开,美啊美。

亲爱的青春年少

1

苏浅颜想起自己十六岁那年的样子,就红了脸,傻傻地笑。

那时,她在班里总是肆无忌惮地大说大笑,根本不顾及谁的眼神,被班里的同学称为"疯丫头"。而她自己一点儿也不知道,直到毕业了很久以后,才知道自己原来还有这样一个"雅称"。

她喜欢和同学去学校南边的麦地里聊天,即使是高三,学习异常紧张的时候,她们也躺在麦地里,海阔天空地聊"八卦"。比如,班里的哪个女生穿了条新裙子,成心往男生堆里去;哪个男生写了信放在谁的书里了;还有物理老师和英语老师好像在恋爱……

说这些的时候,她们总是哈哈大笑着,觉得怎么那么好玩。

而改变,是从黎金开始的。

那天,她从外边嘻嘻哈哈地回来,不知道怎么的,一抬头,看到一个熟悉的面庞,黎金正在那个角落狠狠地看着她。苏浅颜的心,一下子就狂跳了起来,没有任何征兆,莫名其妙。

黎金是她的后桌,他们俩每天吵吵闹闹,没有个消停的时候。最厉害的一次,苏浅颜把黎金刚买来的小食品,"哗"一下子就扬了。俩人每天一见面就是个吵。可现在,是怎么了呢?

"哈，哼哈……"苏浅颜无所谓地干咳了两声回到座位上，一言不发了。

　　少女的情窦初开，是不需要指点的，就像孕育了一个冬天的玉兰花，只在一刹那，"砰"地就炸开了，不管不顾。

　　是的，苏浅颜忽然就不敢回头了，不敢看黎金那双眼睛了。她在心里骂自己，怎么突然之间就这么没出息了呢？

　　苏浅颜开始变了。她看黎金同桌温迎穿着一条浅色的裤子，淡粉的上衣，在黎金的眼前晃来晃去，谈笑风生，她便开始莫名地生气，噘着嘴坐在座位上，一声不吭，也不出去玩了，下课了，就趴在桌上看书。

　　说是看书，其实眼睛必定跟着黎金，他去哪里，她的眼睛和心就跟着飘到哪里。偶尔黎金一回头，碰到她的目光，她就"唰"地躲开了。她能感觉到，自己的脸红红的，有那么一会儿，心里是美滋滋的。

　　她很清楚，高三了，不能这样心不在焉了，不然，重点大学是没戏了。可是，她控制不住自己，她看到黎金和别的女生在一起，她就生气，就不开心。于是，她开始讨厌自己，觉得自己不够漂亮，头发也是乱糟糟的，眼睛也是小小的，脸也是宽宽大大的，身材也是矮矮胖胖的。总而言之，自己就是个失败的人。

　　放学后，她从车棚推出自行车，磨磨蹭蹭地等到黎金出来。

她看到，开满槐花的槐树下，黎金正和几个男生嘻嘻哈哈。她看得出神。

"嘿，苏浅颜，走啊！"黎金看到了她，招呼着。

苏浅颜听了，惊慌失措地答应着，慌慌张张地骑了车走。

她看黎金的背影，清秀挺拔，怎么忽然就那么迷人了呢？想想，几周前，两个人还吵得不可开交呢！

2

放学回家，苏浅颜一句话没说，就直接进了自己的屋子。妈妈看了，直说："这不像你的风格嘛，不说话也就罢了，怎么没吃零食就进屋了呢？奇怪啊……"

"好了，妈，不要说了，好不好？"苏浅颜在屋子里大叫着。

妈妈没再说话，悄悄进屋，看到宝贝女儿趴在床上，身子一起一伏，好像在哭。

"怎么了？"妈妈低声问。

"考砸了……"苏浅颜哭得稀里哗啦。凭什么他就能考第一？凭什么他再考一次第一，就有资格保送？凭什么啊……

妈妈听出了大概，拍拍她，等她哭得差不多了，说："起来吧，这次模拟不行，下次再来，好吗？"

苏浅颜抽噎着，爬起来，把书包稀里哗啦地弄了个底朝天，复

第一章 锦年情事

习资料、课本、练习册，都被从头到尾地整理了一遍，大有收拾旧山河，从头再来的英雄气概。

第二天，苏浅颜穿了一条裙子，浅黄色的。妈妈给她买这条裙子很久了，因为觉得自己肤色偏暗，她一直没穿。她看着镜子里的自己，虽然不怎么好看，个子也不怎么高，但还是蛮秀气的，梳起高高的马尾辫，显得精神十足。

她一边往学校走着，一边想，看到黎金的时候，怎么说呢？就说："你昨天丢的资料我捡到了，因为放学太晚了，当时没看见你噢！"

原来，成绩下来的时候，苏浅颜整个人都呆了，没想到自己会考得这么糟糕，竟然排到了十名之外，而排名一直在她之后的黎金，竟然坐到了年级排名"第一把交椅"。一怒之下，她趁他不在，把他的笔记作业什么的，胡乱抓了一沓就装入了自己的书包。

苏浅颜一直知道自己不漂亮，之所以敢在黎金面前底气十足，就是因为自己的成绩好。

站在黎金面前，苏浅颜第一次很安静，这让黎金很疑惑。

他哪里知道，对面这个女孩的心里，明晃晃的，全是他。因为他，她才知道，女孩子穿裙子有多漂亮，等一个人出现有多心动，心里装着一桩心事有多幸福。

她忽然不知道怎么说了，一张嘴，自己也吓了一跳："黎金，对不起，昨天是我把你的试卷偷走了！"

"乖乖，你怎么了？害得我一宿没睡好呢！"黎金夸张地对着苏浅颜张牙舞爪的。

苏浅颜红了脸，低着头，说："你怎么惩罚，我都接受，谁让你比我考得好呢？"

黎金笑了，说："好啊，那就罚你给我买好吃的，把你给我扔过的那些美食，都买来，咋样？"

苏浅颜使劲点点头说："好。"然后，很开心地去超市了。原来，喜欢一个人，就是这样，可以心甘情愿地为他做事。

回来的路上，苏浅颜的脚步轻快了许多，周身有说不出的力量。她觉得，她有信心可以战胜一个过去的自己，因为未来的自己，是要和那个叫黎金的男孩相遇的，相遇在厦门大学美丽的凤凰花下。

她曾经偷偷看过他的笔记，在笔记里，黎金说，他向往厦门大学。于是，她的心里也悄悄写下了四个字：厦门大学。

3

可是，让苏浅颜真正伤心的，还不是这次模拟考试，而是在距离高考一个月时的一个"致命"的消息：

黎金因为保送，可以不用来上学了。

苏浅颜的泪,终于不可遏制地流了下来。

她说不清楚,自己为什么会这么失落,这么伤心,应该为他高兴才是呀。

他知道不知道?一次次找他问问题,一次次给他拾起落在地上的书,一次次回头傻笑……都是因为他呀,因为喜欢。

现在,再怎么回头,也没有他了,只有空荡荡的桌子。

黎金来收拾书包了,他说:"大家努力啊,我们在大学相见。"

然后,他把他的复习资料分给同学们。苏浅颜一份也没要。不是不想要,而是她想独吞,可是,看同学们蜂拥而上的时候,她就不想要了,她不想与别人共享。

这个小小的人,心里难受着,却忍住想要一直看着他的冲动,选择了安静。

黎金走了,在甬路上,一个高大的影子,款款离去。

苏浅颜终于还是忍不住了,跑到小院那棵槐树下,倚着大树,看花。洁白的槐花随风飘落,偶尔飘到她的脸上,把她脸颊的泪,浸得发出香味来。

他知道不知道?有多少次,在这槐树下的相遇,每一次都是苏浅颜徘徊等待才有的"偶遇"啊!

她低头,看地上,有不少槐花已经被踩了,镶嵌在柏油路面上,泛着淡淡的白。当然,也有刚落的,很新鲜,朝气蓬勃的,可是,它们很快也会被踩坏的。苏浅颜有点心疼。

黎金说,这槐花香太浓了,不喜欢。当时苏浅颜听了,竟然没有说出话来,因为她喜欢,她写过作文赞美它,老师还在班里读过呢!她喜欢槐花的白,白得多纯洁,隐藏在绿叶间,不张扬,不妖艳,默默散着香。他却说不喜欢。

黎金走了,苏浅颜一下子没了主心骨——她不知道以后的日子该怎么过,该怎么进教室的门。以往,她在教室门口都会看看那个座位的,座位上有一张朝气蓬勃的脸迎接她,她就会很踏实地开始一天的学习。此刻,她多么希望,黎金能来看看她,鼓励她,然后说:"你没问题的"。

可是,没有,终究没有。黎金在同学们的簇拥下,就这么悄无声息地走了。没有留下任何只言片语。

苏浅颜只想哭。

苏浅颜很明白,自己如果不努力的话,那个大学肯定是和自己无缘了。她开始努力了——除了每天五个小时的睡眠之外,她所有的时间都在课桌前,就连吃饭的时候,也是一手馒头,一手英语单词。

同学们都说:"苏浅颜,你疯了啊,虐待自己啊!"

苏浅颜笑笑,不说话,该怎样还怎样。当然,没人能看到,她胳膊下的草稿纸上,重复又重复地写满了两个字,不仔细看,几乎看不出来的两个字：黎金。

那是她累的时候，休息的一种方式：想念黎金。

4

三个月后，苏浅颜终于如愿迈入了大学的门槛。学校门口的凤凰花，冲她笑着。她也笑了。

她到学校的第一件事情，就是找黎金。

高考后的整个暑假，她都没有联系到黎金。黎金去旅游了，而且是很决绝的那种，没有带任何通信工具。听同学们说，他要挑战一下自己。

听到这些，苏浅颜心里更不服气了——你不理人，人还不理你呢。她就这么莫名其妙地和自己较起了真，生起了黎金的气。

可是，她还是忍不住继续找他。其实，她多想，黎金能来找她呀。

到底，她还是看到那个熟悉的影子。她的心开始狂跳。

黎金看到苏浅颜似乎感觉到很突兀，继而又很开心的样子："哥们儿，啥时候来的？咋不早说呢？"

一声"哥们儿"，让苏浅颜的心一下子掉到了冰谷，眼泪又差点儿来了。

"早说，咋早说，找都找不到你！"苏浅颜看着有几分黝黑几分健壮的他，嗔怪着。

黎金嘿嘿地笑着，挠挠头，说："好吧，有事说话，以后咱又在一条'贼船'上了哦！"

苏浅颜看着他招手远去，心，一寸寸地凉了下去，泪，落下。原来，他并没有放她在心里。自始至终，都是她一个人的故事，在青春的年华里，繁繁茂茂地盛开，无人观赏。

她仰头，看凤凰花，想到了洁白的槐花，属于她的槐花呀，在那个遥远的故乡，依旧散发着香，却是那么远，那么远。

她一直期望着，有一天，她会和他一起回家看槐花。到今天，苏浅颜才搞明白一件事情——她爱的是她自己的心事，是她自己的青葱岁月，是她自己亲爱的青春，而这一切，都与黎金无关。

有风吹来，苏浅颜走在路上，感觉又温暖，又凄凉。

谁的青春年少里，没有一块这样初恋的刺青呢？而又有谁，不爱自己这样的青春年少呢？

并且，它永远也不会消失。它是那——将要到来的、共老的爱情的——一个纯洁底子，美丽、动人、难忘。

11月1日，山楂物语

1

耿婷婷的个子是高挑的，马尾辫是黑溜溜的，眼睛是大大的，皮肤是滑滑的，嘴唇是嫩嫩的……总之一句话——耿婷婷是个美丽的女孩。

她喜欢用一双惊奇的大眼睛微笑着看你，好像能从你那里知道无数的奥秘一般，那种神态，能给你极大的满足感。所以，她的可爱，吸引了很多人的喜欢。

她被公认为最优秀的女孩。

当然除了可爱之外，还有一个更重要的原因，就是她的成绩。每次考试，无论怎样的题目，她都抱着第一把交椅不放。而且，无论是谁问她问题，她都笑嘻嘻地给他讲个透彻。于是，就有那么一大群人屁颠屁颠地跟在她的身后。当然，也包括我。

上课的时候，她像一支弦上待发的箭，坐得笔直，直视前方。有时候，我们故意搞一点小动作，扔个纸条给她，或者是让邻座的同学，捅捅她。她倒好，仿佛好奇心消失了似的，动也不动，依旧死盯着老师不放。

可是，只要下课铃声一响，你看吧，第一个冲出教室的，准是班里最高的那个女生——耿婷婷。要么拼命地跑向学校的超市，买零食去；要么就急着招呼女生到教室门前丢沙包。真是让人无法想象，堂堂一个高中生，竟还像幼儿园小朋友似的，下课需要一些零食填补，还需要一些游戏放松。

老师常常被惹得哭笑不得："唉，这么大人了，怎么还像个长不大的孩子呢？"但那语气，简直就是喜欢得不行，像这样优秀的学生，老师才舍不得狠狠打击呢！

耿婷婷不慌不忙，漫不经心地说："民以食为天，玩是天性，谁能更改天性啊！"

然后，做个鬼脸，照样买她的零食，玩她的丢沙包去。

站在初春的阳光里，暖暖的很舒服，我眯着眼看那个嘻嘻哈哈笑着、叫着、跳房子的女孩，就是想不明白：整个寒假拼命地使劲，换来的仍旧是，第一次月考，又被她超了五分，这究竟是为什么呢？

2

说实话，我喜欢耿婷婷。所以，我要拼命地学习，只有成绩好了，才有资格说喜欢她。

这个秘密在我心里埋藏一年多了，只有那个可恶的林琳知道。林琳和我住楼上楼下，从小就是我的跟屁虫。虽然只比我小一岁，可却一点儿没有大姑娘的样子,整天像个男孩子,大呼小叫的。

放学时候,我刚从车棚里推出自行车,就看见耿婷婷进车棚了。我马上停了下来,想等她出来的时候,说:"哎,真巧,咱们顺路啊!"和自己喜欢的女生走在春日暖阳里,该是多么幸福的一件事情啊!

"嗨,陈赫,干吗不等我?找揍啊?"还没等我回过神来,林琳不知道从哪儿冒了出来,同学们都知道我们是一起长大的,所以对于她对我的"凶悍",从来没有人觉得奇怪。

"这不回家嘛!"我懒洋洋地说。

"那干吗不等我?想丢下我呀?走,带着我走。"还没等我答话,她一下子就跨到我的自行车后座上了。

路上,林琳叽里呱啦地说着这个老师怎么了,那个同学怎么了,说得是神采飞扬,我有一句没一句地应着。

她忽然放低了声音,调皮地说:"哎,是不是喜欢婷婷呀?"

"谁说的?别瞎说啊!"她这么一说,我的心慌了一下,车把激烈地晃了几晃才稳住。

"切,还不承认?看你这德行,你就承认了吧!需不需要本小姐替你鸿雁传书啊?"

"得了吧你,本大爷用不着。"我故作轻松地吆喝了一声,使劲蹬几下车蹬,向着前面盛开的海棠骑去。此刻,海棠花开得正艳,一团团一簇簇，一如我盛大的心事。

因为加速，林琳趔趄了一下，大声"哎"了一声，拽着我衣服，没了声音。

我知道，林琳喜欢我，但我一直当她是小妹妹。我说她是小屁孩，小屁孩要好好学习。每当这个时候，她就会低了头，说，"嗯，我得使劲，不然，不能和陈赫哥哥一起上大学了。"说的时候，怯怯的样子，有了一丝女孩子的娇羞，如春天的花蕾，嫩嫩的。

她成绩一直是中等，即使我每天给她讲上半个小时的功课，效果也不大。自然，和我这个班里的"老二"比起来，就逊色了许多。

善良的林琳和耿婷婷是同桌，而且关系极好，所以我不能得罪林琳。这样星期天请林琳吃肯德基的时候，就可以顺利地请到耿婷婷了。

3

星期天，小城里的肯德基简直是人满为患，我们好不容易才找了个座位坐下。

当我把三份套餐一一摆好的时候，林琳很夸张地说："陈赫同学，历尽千辛万险，终于弄好了三份套餐。这种精神是值得表扬的，为了表示谢意，我决定，林琳和耿婷婷开始进餐！"

耿婷婷终于被她搞笑了,浑圆的肩膀忍不住抖动,却没有任何声音,这不像耿婷婷的作风呀!林琳有点奇怪,扭头一看,人家在旁边早就吃上了。林琳噘起了小嘴:"干吗不等等我呢?"然后也不管不顾地狼吞虎咽起来。

看着两个人吃得热火朝天,我心里稍稍平静了一点,因为我决定,今天要向婷婷坦白,而这坦白,是提前说好的,需要林琳替我说出来。

可是,林琳竟然像什么也不知道似的,只顾着吃,也不说话了。我只好有意无意地寻找着话题,一个劲儿地向她使眼色。

终于,林琳说话了:"婷婷,你说你是班里的老大,陈赫是班里的老二,我算老几呢?"

"你呀,算老零吧,永远在一和二的前面。"耿婷婷嘿嘿笑着说。

"好了,不要打趣我了,婷婷,你难道看不出来吗?陈赫喜欢你呢!他让我来做个灯泡,把这事挑明了,好让你俩可以比翼双飞呢!"

我听了,赶紧低下头,咬了一口汉堡。当然,我更想听到耿婷婷的回答。

余光中,我感觉耿婷婷愣了一下。然后,我听到了她咯咯的笑声:"林琳,是你涮我吧?那么帅的帅哥会喜欢我?是吧,陈赫?"

我忽地抬起头,冲着耿婷婷使劲点点头,接着她调侃的问话,认真地说：

"是，真的，婷婷，我喜欢你！"

我想，耿婷婷能感觉出，我是真诚的。

然后，我看到了耿婷婷的笑容逐渐消失，严肃得让我感到一丝不安。"陈赫，我一直觉得你是一个阳光十足的男孩，我没想到，你会把心思用到这里。你难道就不能使把劲，把'千年老二'的帽子摘掉吗？真有本事，你也考个第一！你们聊吧，我先走了。"还没等我回过神来，耿婷婷已走出了门。

我看一眼林琳，趴在桌上，一动不动。这三份套餐，是用我上周刚收到的稿费买的，我本想说一下，显示一下我的本事的，可还没等我说呢，她就已经走了。

林琳拍拍我，示意我走。

走出店门，发现春日正午的太阳很毒，我使劲挥挥拳头："陈赫，你就不能考个第一吗？混蛋！"

4

校园的槐花开了落，落了开。那缥缥缈缈的香，浸染着我的心事。

我不恨耿婷婷，她说的对，我为什么就不能考个第一呢？

然而，很多时候，事情就那么巧，还似乎有点捉弄人。

高考结束的时候,我终于破了自己的纪录,全校第一,是和耿婷婷并列的。

我没有勇气去和耿婷婷告别,因为我到底还是没有考过她。

耿婷婷去了南方的一所大学,记得她说过,她喜欢那温润的感觉,缠缠绵绵的,牵着她的魂。到底啊,她还是一个多情的女子。而我,则来到了北京。

林琳考到本省的一所大学,很知足。她说,她知道我一直呵护她,是哥哥对妹妹的疼,所以,她认我这个哥哥了。

日子就这样波澜不惊地过着,心事,也渐如落英缤纷了。

大学里第一个学期将近结束的时候,林琳在QQ里说:"陈赫哥哥,我知道你喜欢婷婷,其实婷婷也喜欢你的,你为什么不去找她呢?"

我笑了,说:"傻丫头,不可能了,在她眼里,我一直就是'千年老二',还有什么资格去追她呀?"

林琳发来一个惊疑的表情,紧接着问:"11月1日那天,你没看到你邮箱里的邮件吗?"

"没有啊,我很久没有打开邮箱了,怎么了?"

"哎呀,傻哥哥,快去看呀……"

我打开邮箱,未读的邮件静静地躺在那里,像极了飘落的海棠花,淡然,无语。

我没想到，是耿婷婷的邮件，时间是11月1日凌晨3点。没有任何语言，就是一串红艳艳的山楂，很诱人。

"我的傻哥哥呀，知道吗？高考前夕，婷婷和我说起你，我没想到，她也一直喜欢着你呢。而且，她说，她必须要努力保持好成绩，只有这样，才能和你并驾齐驱。那天，当我说你喜欢她的时候，她心里可激动了！可是，她说，她不能让你们因此耽误学习，于是她才那么说的，她想用激将法让你们一起努力呢。你看，你们俩什么事情都想到一起了，多好啊！"

我看着山楂，看着林琳的话，呆呆地。

"你知道这个邮件是什么意思吗？告诉你，陈赫哥哥，一年365天，每天送花都有不同的意义，而11月1日这天送花的是一心一意，而山楂在这一天的花语是：唯一的恋曲。你明白了吗？"

"这个冬天，怎么可以这样温暖！"在QQ里，我飞快地打下了这样的字。

"那还犹豫什么，快回呀！"林琳笑着催促。

原来，青春里的恋情，都是羞涩的花呢，却因不同的人，有了不同的结果。而耿婷婷，这个有点"冷酷"的可人儿，把这花浇灌得分外妖娆，仿佛是春天空谷的幽兰——美丽、纯真。

耿婷婷，你等着，这个寒假，属于你和我！

有双温暖的手从心滑过

1

上岛咖啡,小念只要了一杯柠檬水。

我握着她的手,细细的,长长的,瘦瘦的,暖暖的。

她低着头,很安静。是的,她很安静。元旦的时候,系里组织元旦晚会,大家踩着凳子贴彩纸。不知道为什么,小念忽然从凳子上跌了下来,我在她旁边,很自然地就伸手接住了她。她的脸一下子就红了起来,说:"抱歉,差点砸到你。"

我笑了,有意思,自己都差点摔着,还对别人说抱歉。

不过引起我注意的并不是她的礼貌,而是她的羞涩。要知道如今羞涩的女孩可不多了,所以,我决定追这个叫小念的女孩。

当我第一次说喜欢她的时候,小念嘿嘿地笑了,说其实早就注意到我这个帅哥了,那天从凳子上摔下来,是她故意的。我忍不住大笑,问她:"是真的?"她咯咯地笑着不说话,脸又红了。我知道,她逗我开心呢!

在这个城市,我没有任何根基,大学毕业,我只能从头开始,我说:"小念,你和我在一起是要受苦的。"小念把头埋进我的怀里,说她愿意。

毕业后，我们留在这个城市，各自进了一家公司。薪水不多，除了日常开销，只能租下一间阁楼。

今天，是小念的生日。小念什么都没有要，她说她喜欢上岛咖啡店的氛围，于是，我们来到这里。她只要了一杯柠檬水，我摸着她的手，心，很疼。

2

在路旁的大排档，我独自喝着劣质的白酒。因为，如果再完不成公司的订单，我只有离开。

"干吗呢？怎么在这种地方喝酒呢？"她微皱着眉头，拍拍我的肩膀。我抬眼一看，是她，连忙站了起来，吞吞吐吐地说："心情不好。"

她笑了，眼睛很好看地弯了起来："走吧，去酒吧坐坐，不要在这种地方喝了，不卫生。"

我没有拒绝，坐上了她的车。

她的红色跑车很耀眼，在这座城市的灯光下，有一种说不出的张扬、魅惑。坐在她的旁边，我不敢看她，倒是她，没有了公司里的那种盛气凌人，一种很女人的柔情慢慢地散淡着。

蓝色情调，一个很精致的小酒吧。

她和我面对面坐下。原来，我被老板怒吼，她是知道的。

她陪我喝酒,她说,她知道我是一个很奋进的小伙子,而且还是一个很有前途的小伙子。只是,还没有遇到伯乐。

说这话的时候,她那很好看的眼睛有点迷离,在灯光的暗影里,好像一只蜷缩着的狐狸,令人怜爱。然后,她忽然抓住了我的手,那手,凉凉的。我不由一颤,我想起了小念的手,也是这样的细长,却总是暖暖的。

她说,她一个人打拼了这么长时间,除了男人,什么都有了。不是她不要,是她一个也看不上。"可是,我看了你好长时间了,你和那些臭男人不一样,你干净!"

我忽然一下子清醒过来,明白了她的言外之意,感觉一阵恶心。

看着这个雍容的女子,想着她那双冷冰冰的手,我心里冷笑着,一个没有爱情的女子,再怎么是一块盛年的锦,不管是如何的华丽,摸上去,也是凉冰冰的。

"不就是个订单吗?没事,姐成全你。送姐回家好吗?"

我没敢说什么,扶着她下楼,上车,送她回家。

我把她扶到床上躺下,想要转身离开的时候,她一下子搂到了我的脖子,"不要走,姐姐喜欢你,陪陪我……"

我想挣脱,可她却越来越紧地抓住了我。

我想到了小念,想到了她廉价的衣服,想到了她冬天因使用冷水而皲裂的手,想到了我们可怜的阁楼……我不再挣扎。

我在心底一次次地怒吼：小念，原谅我，我不是故意的！

她是公司里的宣传部经理，公司里的广告业务给谁做，完全由她一个人说了算。

她叫青萍。

3

那次之后，她不仅帮我完成了订单，而且还让我拿到了年终奖金。我和小念的生活开始有了转机。可是，我却摆脱不了青萍的纠缠。公司里，我尽量躲着她。她却不顾那么多，忍不住的时候，就打电话给我。因为有业务和奖金的诱惑，我一直忍着。

然后，不停地提醒自己，我只是在她的床上而已，只是在她的床上，并没有在她的心上。

偶尔，青萍会和我说起她的家人，断断续续的。于是我隐约知道，她的父母在乡下，家里的一切都是需要依靠她，她没有理由不拼了命地赚钱。而她的老公，那个喜欢手暖的男人，终于在某一天对她说，"你的手，太凉"，然后，便消失得无影无踪。

当我攥住她冰凉的手，她就叹气，满脸的忧伤，甚至，有时候，还会掉下眼泪。这时候，我会想起小念，小念从不需要我给她暖手的，她总是那么温暖。想着想着，我就笑了。

这时候，青萍会死死地盯住我，一脸的疑惑，问我："笑什么？

我这样的手难道不女人吗?"

我说:"不,你的手,很美,是需要一个人来捂暖的。"然后,青萍就笑了。而我,便更狠地想起了小念,想起我们那些纯净而美好的片断,心,就忍不住地疼。当然,我不会让青萍发现我的秘密,更不会让小念知道我和青萍的龌龊,否则,小念会疯的。

青萍开始带我出席各种场合,以她助理的身份。我谨小慎微,没有人怀疑我和她的关系。

4

那天晚上,应酬回家,小念突然说,我们走吧,不要在这个城市了。我一惊,以为她知道了我和青萍的事情。忙问她,为什么。

小念的眼圈一下子红了起来,说:"你做得那么辛苦,可是,我们连自己的房子都没有,再这样熬下去,我们都老了。"

听了,我长长地舒了一口气,原来这样啊,我安慰小念:"没关系的,你看,我现在不已经步入正轨了吗?用不了一两年,一切都会有的,我再也不会让你用冷水洗菜了,或者,你连饭都不用做了,我们请保姆。"

我正说着,小念钻到我的怀里,泪水浸湿了我的前胸,一副愁云惨雾的样子。

我使劲搂紧了她,闻着她好闻的独有的发香——那是廉价的洗发水混合着小念的体香散发出来的。然后，小念说："我们去丽江看一下姐姐吧。"

我说好。小念从小失去了父母，一直和姐姐相依为命。两人依靠着政府的资助和自己的聪明勤奋读了大学，参加了工作。在小念心中，姐姐就是她的依靠，她可以为姐姐付出一切的。

因为青萍要我参加一个仪式，我没有能陪小念去见她姐姐。小念没有等我，独自一人飞了丽江。等我再次见到小念的时候，她看起来一副容光焕发的样子。我看了很开心，笑着说："知道吗？我真得好好谢谢你姐姐，只十几天工夫，就让我们小念更加漂亮了。"

小念的脸色忽然有一丝阴影闪过。她笑了一下，说："夏远，我要走了，姐姐给我办好了去澳洲的手续，我想，继续学习。"

我一惊，怎么了？这是没有任何征兆的啊。我使劲摇晃着小念。小念抬起她的手，搂住我的脖子，双手轻轻抚过我的背，暖暖的。然后，有凉凉的液体，在肩膀滑过。

5

其实，关于青萍、我、小念、小念的姐姐，我以为只有自己了如指掌。

我到公司面试的时候，是小念陪我一起去的。那时候，作为考试官的青萍就死盯上了我。因为，小念像极了那个抢走她老公的女人。而事实是，青萍的老公爱上了和小念一样有双暖暖的手的佩安——小念的姐姐，两个人双双飞去丽江。

青萍终于知道，小念的确是她要找的那个女人的妹妹，便决定从我入手，报复那个抢她老公的女人。这样，我便成了她手中的棋子。

和青萍做爱的时候，在青萍的床罩下，我发现了佩安和她前夫的合影。惊出一身汗的我，终于知道了自己扮演了一个什么角色，但我没敢声张，我怕小念知道。我想等自己赚足了钱，就带小念走。

可是，痛苦的小念早已发现了我和青萍的不正常。她不相信，疼她的我怎么会背叛她呢？于是，她开始费尽心思地去了解真相。当小念明白一切的时候，她恳求我带她走。而我却傻傻地以为她是真的因为我累。后来，小念决定远走他乡。

小念走的时候，笑了，很美。在她转身的时候，我看见她哭了。

原来，我是这个游戏里最蠢的一个。错过了自己纯净而美好的爱情，错得南辕北辙。而一旦错过，即使再如何努力，也回不去了，我们再也回不到当年那么温暖的相依相靠。一念及此，心，便生生地疼，喉中如鲠着一块温软而遥远的东西，难以下咽。

那温暖的手啊，和幸福、洁净、安宁相关，却再也不会重来。

被风吹过的爱情季节

1

八月,滨州依旧热浪滚滚。高小莲一边擦汗,一边看着手中的地图,使劲默记着那个地址,拉着旅行箱出了站台。按说,这都已经是第六次来了,况且她还一直自称是"滨州通",应该不再需要地图的了。但是,自己之前又确实没有注意过这个地方,她觉得自己有点好笑。

"大爷,您好!周明今天上班吗?"高小莲恢复了常有的自信。

"谁?没听说过。"门卫师傅眼睛都没抬一下。

"大爷,您热了吧,给,这是我刚买的饮料。周明,就是公关部的周经理。"高小莲拿出那种锲而不舍的精神,把刚给自己买的饮料递了上去。

"哦,姑娘,真的没有这个人,公关部是个姓王的经理呀。"门卫师傅显然热情了许多,但没有接她递来的饮料。

高小莲站在那里,刚才的兴奋一下子成了茫然,一瓶饮料"啪"地落在了地上。她看着门旁的标牌:迎宾大道9号,蓝月公司。没错的!

掏出手机,她拨通了那个烂熟于心的号码。依旧是沧桑浑厚的声音。

　　高小莲以为，他会激动，会兴奋，因为他一直想见她。但是，她不肯，虽然她也很想，但她更想给他一个惊喜，毕竟，这是他们认识一年多以来的第一次见面呀。

　　一切并没有像高小莲想象得那样激动人心。他搪塞着，说正在外面谈业务，让她先到以美酒店住下。晚上回来，他去看她。没等她多问，他就匆匆挂了电话。

　　"可是……可是，我要找的就是蓝月公司的周明啊！"高小莲自言自语着，眼泪几乎要掉下来了。

2

　　高小莲强忍着眼泪，自己去酒店办好了入住手续。然后把自己使劲扔到床上，泪水，便再也忍不住地倾泻而出。

　　她掏出手机，挂上QQ。周明的头像是暗的。她知道，他忙，这个时候是不可能在线的。但是，她就是要这么盯着他。

　　"滴，滴"。短信："小莲，先洗个澡，好好睡一觉，晚上请你吃饭。"

　　"你个大坏蛋！"高小莲擦着眼泪，笑着，骂着，想起自己竟然忘了洗澡。

　　她一跃而起，飞快地脱掉衣服，冲进了洗澡间。继而，水声歌声就一起飘了出来。

高小莲睡得很踏实，不知道过了多长时间，有人敲门。她倏地一下子醒来了，看看，天已经黑了。她以为是周明，跳起来去开门。一看，是服务生。她顿时蔫了，扭身就要躺回床上去。

"小姐，这是一位姓周的先生给您的花。"服务生将一束鲜红的玫瑰递到了高小莲的面前。

她接过来，一看，卡片上写着："有女如莲，有爱如玫！周明。"高小莲再一次兴奋起来，看来，她的到来是没错的。

她将花小心地放在茶几上，看着花，满心的甜蜜。

看着看着，就觉得肚子饿了。她想打电话给他。这时，手机响了。

她抓过电话："喂，请我吃什么？"

"抱歉哦，今天不能去了，这个韩国的客户不能失陪，我很抱歉。所以，就让花先到了，表达我的歉意，好吗？明早我早早地给你带枣糕过去，好吗？"

高小莲这次实在是忍无可忍了。电话拨了过去："我的经历你也知道了，我的视频你也看了，本想和你好好谈恋爱的，你却玩起了躲猫猫？你干什么呀？"

3

高小莲的泪水像开了闸的水龙头倾泻而出。对着电话听筒，大叫："你快点过来，我要死了！"

杜浩吓了一跳,问:"你什么时候过来的,在哪里呀?"

　　"以美酒店,308。"没等杜浩说话,高小莲就把手机扔到了一边,继续吧嗒吧嗒地掉眼泪。

　　杜浩是高小莲的情人。确切地说,是她恋了三年,却还看不见归宿的情人。因为,杜浩有个优雅的老婆。她早就知道高小莲的存在,也知道高小莲接二连三地来到这个城市,和自己的丈夫同居,可她就是不急不恼,等着杜浩提出离婚。

　　她的安静,让高小莲心里没了底,不知道她葫芦里卖的什么药。高小莲多希望她能吵起来闹起来呀,那样,她就什么都不怕了。

　　时间长了,杜浩再怎么放不下高小莲,就是没有勇气提出离婚。日子,就这么看似波澜不惊地过着。高小莲一次次地让杜浩娶她,杜浩开始很兴奋,后来就支支吾吾了,气得高小莲骂他,"你个没骨头的臭男人"。

　　本来高小莲是想要给周明一个惊喜的。哪怕第一次见他,把自己交给他都行,可他怎么就不来了呢?

　　高小莲委屈,委屈的时候,就想到了杜浩。杜浩很呵护她。只要高小莲提出来的,杜浩都会尽力让她满意。

　　杜浩刚一进门,还没有缓过神来,高小莲就冲了上去,搂着他的脖子,使劲地撒娇:"你干吗不理我嘛?人家想给你一个惊喜你都不愿意,你到底想不想人家嘛!"

"你个妖精,来了也不告诉我,你是打算要让我美死呀……"

高小莲的电话响了。她没有接。

她正陶醉在自己的爱情里。

电话顽强地响着。高小莲不情愿地从杜浩身子底下伸出手臂,摸到手机,接听。

"小莲,开门,好吗?我在门口呢!"

4

杜浩的老婆笑眯眯地站在门口,手里提着一盒枣糕。

"小莲,杜浩,不要走,听我说说,好吗?"她不紧不慢地说。

杜浩爱上了小莲,可是,杜浩却不敢承诺娶她。

小莲生气了,说:"你不娶我,我也要在这个城市,找个爱我的男人,嫁给他,看着你,天天折腾你,让你难受,就是不让你过舒坦了。"

高小莲这么说的,也是这么做的。于是,在这个城市,她开始像猎人一样,通过各种渠道,找着自己的意中人。结果,通过QQ,蓝月公司业务经理周明进入了她的视野。

哪个男人不偷腥呀?小莲便紧紧抓住男人的心理,使劲调动他的胃口:通过和他讲情话等各种方法挑逗他。可是,周明竟然稳坐钓鱼台,还反而劝自己,没有正式确立关系之前,是绝对不会碰她的。这让小莲很感动。

周明成了她理想中的男人。他们在网上聊了快半年了。周明知道了她的一切，他却说，他不在乎她的过去，只要俩人说得来，踏踏实实过日子，就好。他劝解她，安慰她，让她有了很大的安全感。她以为，他真的爱上了她。

于是，小莲想给周明一个惊喜。包括杜浩在内，她没有告诉任何人，只身一人来到了滨州。

然后，小莲找不到周明，就又叫来了杜浩。

后面的故事，你们自己就已经知道了。

5

其实，高小莲开始在QQ上和周明聊天的时候，就已经很怀疑了，怎么会有如此埋性的男子呢？怎么他总是不肯给自己看视频呢？一个部门的业务经理不可能没有这样的条件啊。但，周明的好，还是让高小莲彻底放松了。

放松的结果是，高小莲爱上了杜浩的老婆，爱上了这个睿智的女子。

原来，杜浩老婆早就发现了他们之间的猥琐。于是，她想证明给小莲看，与有家的男人之间的爱情，是美丽的冰凌花，太阳升起，便会淡淡地随风而去；她也想证明给杜浩看，有家的男人爱上陌路的女子,是一场不能拉开大幕的演出,拉开了帷幕,一切也就支离破碎了。

因为她了解杜浩,也因为她知道小莲,她便优雅转身:每次聊天都避免视频,每次通话都提前请人录好那沧桑的声音,从不多说一句话。这样,她俨然成了魅力十足的周明,轻而易举地让小莲爱上了她,爱上了一场梦。本打算,杜浩如果不去赴高小莲的约,她就彻底原谅杜浩,重新开始,然后继续通过网络给小莲一个交代。可没想到,到底都是中了毒,谁都放不下呀!

桌上的枣糕盒上,静静地躺着一张卡片,上面是和周明一样的字体:

追到一场爱情,打开,空空如也,追的不过是一场想象;真的爱情是等来的,如冬天炉火砂锅熬粥,慢慢熬,熬出天长地久的醇香。忘却吧,忘却这场奢华,回归心的清澈,那才是修行的最高境界。

我知道,你的爱也是一样芬芳

晚宴

刚下班,苏桂就接到了老公电话:"晚上一起吃饭吧,有朋友从四川来了。"苏桂犹豫了一下,她不太喜欢参加这些场合,她宁愿下班后,自己熬点粥,做点小咸菜,清新爽口,多好啊。

"哦,对了,把儿子也带上吧,很随意的,没关系。"苏桂听得出老公的迫切和希望,想想今天恰好是周末,就答应了。放下电话,苏桂才想起,怎么也没问问老公是谁呢?四川?没听说他有四川的朋友啊!

转念一想,苏桂笑自己多心,看来不是什么陌生人,不然是不会计自己带上儿子的。

儿子见了苏桂,大呼小叫地跑了过来。刚上一年级的小家伙,有的是精力,总是把苏桂缠得团团转。虽然苏桂也会偶尔气恼,却总是在这纠缠里,幸福着。

"宝贝,今天我们去海鲜城吃饭哦!"

"真的?"小家伙兴奋得不得了,抱着苏桂,直叫,"我的好妈妈,我的好妈妈……"

苏桂和儿子来到海鲜城,刚进雅间,就听到一声清脆的招呼:"这是嫂子和你家大宝吧?"苏桂抬头,好美的一个女孩,大大的眼睛，健康的小麦肤色，薄薄的嘴唇上翘着，黑色吊带，蓝色短裤更是把她的青春衬得一览无余。

这让苏桂感觉有些突然，但依旧礼貌地打了招呼。旁边的老公笑眯眯的，不发一言，一脸的满足。

老公的同学大伟热情地招呼着："嫂子，不认识吧？这是我们认识的朋友董迪，来咱这里考察来了，一起吃个便饭啊！"

苏桂笑着，应和着，心里说不出为什么不舒服。趁人不注意，苏桂瞪了老公一眼。老公笑着招呼着大家，发觉苏桂有一丝的不快，毫不在乎地说："没事儿，没事儿。"

董迪很有礼貌地和苏桂寒暄着，拿过大虾剥好给儿子，大伟和老公代替了服务员，把他们三个照顾得那么周到。

晚宴在一片欢喜中结束。

大伟说："嫂子，我送你回去，让周君送董迪去宾馆吧。"

苏桂说："好。"即使苏桂心里有一千个疑惑，一万个不乐意，她也会很温和地照顾大局。

倒是董迪连说："不用不用，我自己打车过去吧。"

苏桂说："没关系的，你人生地不熟，让他送去吧。"

儿子在一边等急了，使劲拉着苏桂的手，缠着苏桂："妈，走不走啊……"

苏桂的"走"字还没出口，儿子一使劲，苏桂一个趔趄，狠狠地摔到了地上。儿子吓呆了，董迪忙去搀扶，苏桂自己也是奇怪，这是怎么了?

　　苏桂忍着疼,蹭地站了起来,四处找老公,见周君在旁边站着,斜眼看她,很生气的样子。苏桂心里一委屈,想流泪,终究还是忍住了。

晚归

　　到底,周君没有送董迪,直接把苏桂和儿子送回了家,然后说,他去看一下客人被安排得怎么样,就匆匆下楼了。

　　此刻,苏桂才感觉到腿上钻心地疼,脱下裤子,膝盖处已是红肿一片,还有青色的瘀血,触目惊心。儿子早就吓坏了,一个劲儿问妈妈,疼不疼。小眼睛里,满是胆怯,泪水几度要流下来。

　　儿子说:"妈妈,我不是故意的,你别生气,好不好?"苏桂笑了,抚摸着儿子硬硬的黑发,摇摇头,安慰着儿子。终于,算是把儿子哄好,给他洗漱,让他休息。

　　苏桂看着自己的腿,很纳闷,怎么会莫名其妙地跌了一跤呢?苏桂自己点上一些药水,倒在了床上。

　　苏桂感觉从来没有的累,刚才在海鲜城里的每一个细节,如洪水般,汹涌而来。

　　怎么老公不大和女孩讲话呢,倒是大伟和女孩聊得火热?

　　怎么大伟不送女孩,偏要老公送呢?

　　怎么老公让我和儿子去,没有邀请大伟的妻子呢?要知道,平时，他们两家是最好的，尤其喜欢在一起聚的呀。

怎么老公的眼神，是从来没有过的那种期待，那种温柔，那种妥帖呢？直让苏桂感觉到不舒服的新鲜。

他们结婚十一年了，过得是那种平安小富的日子，在周围人的眼里，他们一个能挣钱，一个能持家，可算是美满。

苏桂也曾渴望，和周君有一些的浪漫，比如拉手逛逛街，一起看看电影，或者，一起去旅游。而周君总是笑笑，老夫老妻，有必要吗？看周君谈生意也真是辛苦，苏桂就不说什么了，踏踏实实，认认真真地孝敬公婆，照顾儿子，一切都祥和如意。

其实，苏桂也常和周君参加一些饭局，大多的时候，是为了应酬客户，拉近感情的，这些，苏桂一直默默配合着。可今天，苏桂怎么感觉就这么别扭呢？

苏桂想着，想着，迷迷糊糊地睡了。

忽然一个钻心地疼，苏桂醒了。是她翻身的时候，碰到了膝盖。

苏桂拿过手机——03：14。屋里静悄悄的，仔细听，能听到隔壁间小儿的呼吸均匀地响着。

周君还没有回来。苏桂的睡意一下子没了，周君几乎没有这么晚回来过，即使回来得晚了，也会来电话的。可现在，人不见，电话也没有一个。

苏桂站起来，拉开窗帘，路灯发着散淡的光。小城的夜，真静，偶尔"嗖"地划过一辆车，是和未眠人打个招呼吧。

不知道从哪里响起一声闷雷，接着，竟噼里啪啦落起了雨。这个夏天，雨来得这么早。

苏桂摸一摸脸，有潮乎乎的感觉。

晚秋

晚秋是小城里的一家咖啡厅。看上去，很优雅的样子。苏桂每每从这里经过，都会不由自主看上一眼，她喜欢极了那里的窗帘，婉约，浪漫。但是苏桂是不喜欢咖啡的，她更偏爱于茶，她觉得茶更像一个家常的女子，清淡着，哪怕是浓烈的，也是那种低调的，像极了东方女子，也更像她的生活。

苏桂来到咖啡厅，朦胧的灯光，让人心里痒酥酥的，一股说不清的飘忽在周身弥漫开来。她挑了临窗的位子坐下，挨着窗帘，有点做梦的感觉。上次来，是和公司的客户，似乎是很久远的事情了。而今天来，是等一个人，一个叫董迪的女孩。那个女孩约了她。

女孩还没有到，苏桂要了一杯柠檬水，慢慢地喝着，一丝淡淡的清苦，沁了心。

这些日子，苏桂一如往常地上班下班照顾孩子，周末去看公婆。可是，在周君回来的那个上午，他进门的一刹那，苏桂整个人崩溃了似的，撕心裂肺地大哭了一场，也只是哭，不说什么的。周君看着她哭，也流泪，然后说了一句话，"不是我主动的"。

苏桂请了半天假，呆呆地躺在床上。周君说了，只是因为在网上联系业务，彼此有了好感，但是他也没想到董迪会来，更没想到，董迪信誓旦旦地要嫁给他。

晚上，周君没有回家，苏桂拖着近乎虚脱的身子，接回了儿子。儿子问爸爸呢，她说，爸爸出差了。然后，给儿子做了米粥、烤饼和炒豆角，吃了饭，快快乐乐地哄着儿子睡了。

看着熟睡的儿子，苏桂泪流满面，拿起手机，给周君发了短信："家里的事情你放心，你如何决定，我都支持。"

周君没有回短信，也没有回家。这一个多月苏桂和儿子如往常一样地生活着。只是，儿子问起爸爸时，苏桂便说："爸爸这次出差呀，也许会很长很长时间才能回来，长到也许等你上大学爸爸才回来呢！"

儿子就吃惊地问："真的吗？那他会给我带什么好东西来呢？"

苏桂就笑，摸着儿子的头说："你猜吧！"

苏桂想到儿子天真的样子，心里一酸，想流泪。这时候，一声清脆的"嫂子"在耳边响起，董迪来了。苏桂起身，点头，和董迪一起坐下。

两个人心照不宣，所以，彼此并不感觉陌生，便直奔主题了。

此刻，苏桂才好好看了看那女孩，不前卫，但很时尚，谈吐活泼，却不失文雅，怎么看也不像是个"80后"的成人。苏桂话不多，听着她讲，她的爱情，她如何爱上周君，如何爱得透心彻肺。

苏桂听着，忽然感觉像在听一个孩子讲自己的爱情，苏桂被感动了，原本要针锋相对的那些问题，竟然烟消云散了。

"嫂子,你恨我吗?我就是个'小三'是不是?"

苏桂还在认真听着,没想到她会这么直接地问。苏桂喝了一口柠檬水,笑笑说:"不,我不恨你,爱情,是件很奇妙的事情,爱就爱了,只能说,有时候,爱的时机不对吧。如果真的能时空穿越就好了!"

结果是,董迪怔怔地看着她,半天才说:"嫂子,我是准备被你泼水的。"

苏桂呵呵笑了,没有说什么。然后,董迪又和她谈了好多,但说了些什么,苏桂却想不起来了。她们不像两个为一个男人而要作战的女人,倒更像是两个忘年交。

她们是手拉手走出咖啡厅的。

晚爱

董迪走的时候,已经是深夏。这个小城里的树木正枝繁叶茂,浓绿绿地衬着响晴的天。苏桂知道,它们努力地生长,是为了下一个生机盎然的春天。

是董迪邀请,周君和苏桂一起去车站送她的。其实,苏桂已经有四十三天没有看到周君了,她知道他在做什么。而苏桂,也做好了和儿子一起生活的准备。

苏桂来到车站,远远地看到周君和董迪在徘徊着,她知道他们在等她。但到底,苏桂没有那么做。她觉得,自己已经三十四岁了,虽不漂亮,但也算端庄贤良。她给周君打了电话,请他转告董迪，因公司有事，原谅不能送行。然后，她冲他们挥挥手，转身匆匆离开了。

苏桂听得见他们在后面喊，但她没有回头。

苏桂大踏步走在这个小城宽阔的街道上，什么时候，小城已经有了几许大城市的味道。

她抬头看密密麻麻树叶中的阳光，想落泪，是因为感觉自己这样孤单吗？不，也不是，她知道自己懂得珍惜，也懂得付出，在抚摸自己的伤口的时候，她还坚信爱情，而爱情，需要坚持。此刻的自己，多像一片树叶，悄悄地发芽，生长，落下，化作春泥，如此地踏实。

手机响了，是董迪的短信："嫂子，我终于知道周君为什么不能下定决心与你离婚了，你的隐忍、大度、宽容是我所不能及的。我的爱晚了，晚来的爱，我不要。嫂子，请原谅我，还爱着这个男人。嫂子，但更请你相信：我会诚心诚意祝你们幸福，远远地看你们幸福……"

泪，终于落下，仿佛一切都尘埃落定。

"我知道，你的爱也一样芬芳。你是个聪明的女孩，你的未来也一定幸福。"苏桂回复了董迪这样一条短信，泪眼中，她看到马路繁茂的大树间，有一点点的粉红轻轻闪耀，是月季，仿佛是在这个夏末，仍要坚持开出自己的春天。

"老婆，我爱你！"时隔两个月，苏桂第一次接到周君的短信。

她擦干净脸上的泪水，亲亲可爱的儿子，说："爸爸出差回来了！我们去接他吧！"

第二章 / 咫尺天涯

谁不向往一段浪漫的爱情？
可是，多少年以后，
那样的一段光阴，
在内心，疏忽透明而冰凉了，
其实，那只是你自己的独角戏。
顷刻，咫尺天涯，只有风知道。

她的城

干洗店

2010年,王小慧三十六岁,日子过得波澜不惊,但也富足安康。她和刘杰的爱情,是典型的传统爱情,相亲,谈话,直奔主题——婚姻。没有谈情说爱的你侬我侬,仿佛也是没必要谈的,都是为了给父母一个放心,一个安慰,在感觉彼此有一些担当、还能负责的时候,结婚,生子,挣钱,养家,如此而已。

虽然不再谈爱情,但王小慧依然相信爱情,相信爱情的怦然心动,相信爱情的频率合一。

没事的时候,王小慧最爱去的地方就是:紫玫干洗店。那是好友紫玫开的店。

本来,紫玫是有一份很好的工作的,但她厌倦了朝九晚五的生活,于是离职,自己干起了小店。小店干净不说,还煞是有情调。在不大的前厅,设有一个小小的吧台,紫色的藤花铺散着,柔和的音乐环绕着。

来店的顾客,如果需要稍等的话,在这里品一品她沏好的茶,抑或是一杯咖啡,自然是心情舒畅,如沐春风。时间久了,有的人来,不为洗衣,反倒只是为了来坐一坐。

王小慧来，自然不是为了洗衣，就是来聊天或者发呆。紫玫也从不问她什么，看她一眼，沏了茶，放在她面前，自顾自忙着。

"紫玫老板啊，我的衣服洗好没有？"一个很好听的男声。王小慧忍不住回头看一眼，雪白的运动上衣，漆黑的运动裤子，洁白的球鞋，高高大大的笔挺的个子，一脸的亲切的笑容，是玉树临风，又是邻家哥哥的样子。只瞥了一眼，王小慧的心，扑通通地跳起来。

紫玫应声出来："金哥先坐，喝杯茶，这就给你拿去哦。"

那个叫金哥的，便坐在了王小慧对面，看到她，很礼貌地冲她点了一下头。

王小慧的脸腾地红了，说："哦，您坐，您坐，我是来玩的……"

王小慧搞不清，自己怎么一下子乱了方寸。平时，她是多么矜持的一个人呀！

这时，紫玫已经把衣服拿了出来，递给了金哥。金哥接了衣服，冲她们笑笑，走了。

王小慧扭头看着高高大大的他，出了门，上了车，仿佛是前世的影子，怎么那么熟悉呢？

"嗨，干吗呢？"紫玫点她一下。王小慧发现自己失态了，低头笑了。

"他是我这里的老顾客，在北京做销售总监，很有能力的一个家伙，也很有味道的一个家伙……"

王小慧听不清紫玫说了些什么,只是应着。她想,他到底是谁呢?

报喜鸟

　　王小慧忽然觉得自己像一朵花,一朵要灿然开放的花,她也忽然有了一种欲望,一种每天都想要看到一个人的欲望。

　　王小慧喜欢逛街了,她买了好看的高跟鞋,很有风情的裙子,甚至是,还有一点性感的小吊带,配上那一直比较呆板的小西装。偶尔,她还会化一个淡淡的妆,莫名其妙地笑着上班去。到幼儿园接儿子,小儿子开心地说:"妈妈好漂亮哦!"

　　王小慧便开心地问:"真的吗?"

　　王小慧似乎在等待着什么,她用心将自己装点着,好像一朵朵花,在身体的每个细胞,噼里啪啦地开着。

　　刘杰从来没有注意到王小慧的变化,即便那天,从不喜欢显摆的王小慧换上新买的裙子,问他:"怎么样啊?"

　　他也就是抬头看一眼,说:"好看,怎么穿都行啊,喜欢就好。"

　　当时,王小慧就一阵沮丧。

　　但内心的那种期待,到底还是让她的沮丧烟消云散了。

　　王小慧再来到紫玫这里,紫玫惊讶她的变化,打趣说:"呵,几天不见,漂亮了哈!"王小慧笑笑,没说什么,自顾自沏了茶坐下来,静静地,似乎在等待着什么。

几次三番之后，紫玫感觉到她似乎在等谁。她凑过来，问："咋啦？动真的了？别犯傻啊，人家可是有家有业有妻有儿的呀……"王小慧白她一眼，并不说什么。

"紫玫老板……"未见其人，只闻其声。王小慧的心狂跳起来，是他！

"金哥……"紫玫使劲瞪她一眼，就招呼金哥去了。

他说，他需要熨整衣服，过会儿要去参加一个签订仪式，他等一下，麻烦紫玫快一点。

紫玫应着，给他沏了茶，端过去，顺便意味深长地看了一眼王小慧。

王小慧没想到，他竟这样善谈，每一个话题，都不经意地淌过她的心里，是她多年渴望、多年期待的那种聊天。她想，她遇对人了，这就是那个频率合一的人吧。

王小慧兴奋着，又忐忑着。她知道，自己一直是个正经的女人，怎么会突然有了这样的想法呢？她看看金哥，不由自主低下头。

他说："你低头的样子真好看。"王小慧的心，"哗"一下子打开了，盛大而灿烂，她仿佛看到了内心那个忧郁、深邃而细腻的自己。

两个人都不说话了。静静的。

"金哥，你的衣服好了！"紫玫出来的时候，故意放慢了脚步，她察觉到了那一丝的说不出的紧张，还有一点点的暧昧。

"哦,好的。"金哥接过来,那是一套报喜鸟的西装,笔挺,好看。

王小慧想象不到,他穿上,会是什么样子?而她的心里,却有一只报喜鸟,扑啦啦飞了起来。

马尾绣

再和金哥相遇的时候,是在公司门口。灰色的西装挺拔合体,没打领带,反倒更多了几份偶傥。

"哦,金哥……"王小慧怯怯的,竟像个害羞的小女孩。

"不要叫我金哥了,就叫我玉舟吧。"王小慧没说什么,低着头,心里波涛汹涌。

"有空的话,一起吃个饭吧?"

王小慧沉默了一下,微笑:"我先回家一下,半个小时后见。"

王小慧并没有回家,她只是回到办公室,给公婆打了电话,说加班,请他们照顾孩子。然后,按住怦怦乱跳的心,对着镜子,看着自己。

她想到那天,回家的路上,看到路边两个小小的人,大概也只有上高中的样子吧,说着说着,就旁若无人地吻了起来。当时,她就笑了,感觉自己脸上泛起了红晕,然后,心底一股说不出的情愫,悄悄蔓延开来。她不懂自己这个一直规规矩矩长大的女人,怎么会突然变这样的性情了呢?

正当她想着的时候,手机来了短信:"上岛咖啡,二楼,18 雅座。玉舟。"

这次,王小慧的心又狂跳了起来。看来,玉舟对她也是怀了意的。也许,他是知道自己也遇到了喜欢的人。想到这,王小慧的心反倒渐渐安静了下来。好像,所有的事情并不是因为她的存在而发生,只是水到渠成而已。

晚餐很开心,彼此相聊甚欢,却又总像有什么没有说似的。偶尔的沉默,他投来的是王小慧想看又不敢看的缠绵的眼神。

"喏,这是我出差带回来的,你看,喜欢吗?"玉舟把一个香包轻轻放到了王小慧的面前。

王小慧认识,那是马尾绣香包,是刺绣中的活化石,是最古老的了,据说,制作这样一个香包,大概得五十多道工序,耗时一个多月,价格当然也不菲了。

王小慧一阵语塞:"不,这么贵重的东西,我哪能随便拿呢……"

"怎么了?不喜欢?"玉舟的眼神让王小慧无处可逃。

"不,不是的……"王小慧实在是不知道该说什么,其实,她是真的说不出话了。

她轻轻地拿过那漂亮的马尾绣香包,低声说:"我得回家了,宝宝要睡觉了……"

"哦,好的,方便的话,我送你回去,不方便的话就算了。"

玉舟的话让王小慧感到一种温柔的无可抗拒。

车里,除了舒缓的音乐和俩人彼此的呼吸,一切似乎静止了。

王小慧脑子里一片空白,眼睛不知该往哪里看,手里不断地摩挲着那个香包。

玉舟沉默,双手放在方向盘上,直视前方,似乎在很认真地开车。王小慧觉得,他像极了那个一直在心底涌动,却从未出现的忧伤而深邃的少年。她觉得,她是真的,那么那么喜欢他。

塞车。等待。

王小慧的心一下子狂奔起来,她看一眼玉舟,已是山崩海啸。

在彼此深深的吻里,王小慧感觉,有咸咸的泪,在唇间淌过。

十字绣

王小慧来到紫玫的店里,与上次已相隔近两个月,是一个暴雨倾盆的雨天。

"你这些日子跑到哪里去了,怎么也不见个人影?这样的天你咋跑来了?"

王小慧并不理会紫玫连串的问题,自顾自从包里拿出一幅漂亮的十字绣,问她:"好看吗?"

紫玫拿过来看看,说:"不错,平安是福,蛮有禅意的嘛,还有漂亮的莲花……"

王小慧笑了,没说什么。回转身,走进熨衣间,一件件清理着堆积的衣服。分好类别，一点点熨起来。一边干着活，一边唱着："配鸳鸯，配鸳鸯，可惜你英台不是女红妆……"然后，又唱："可惜不是你，陪我到最后，曾一起走却走失那路口，感谢那是你，牵过我的手，还能感受那温柔……"

以往，她来到这里的任务就是喝茶的，今天，异常。

紫玫几乎能猜到为什么了。站在她身后，不说话，只感到一阵阵地心疼。

不知道过了多久，王小慧回过头，看到紫玫，轻轻抱住她，终于，"哇"的一声，大哭起来。是那种撕心裂肺地哭，直到，站也站不住。

紫玫扶她坐到沙发里。

许久，王小慧稍稍平静，说："天气预报说了，暴雨持续到明天就没有了。北京的雨，也该停止了。替我把那十字绣转交给金哥吧，谢谢他。自此，我们两不相欠，各自天涯，从此陌路。"

紫玫忽然明白，这两个月里，她在日夜兼程地绣啊，绣出自己的情思，绣出自己的尘埃落定，绣出自己的现世安稳。

紫玫看看她，眼睛发潮。也许，每一个奋力追求所谓浪漫爱情的女人，在经历所谓刻骨铭心之后，都会有这样深刻的领悟吧：爱情不过是座城，无论生活在城里还是城外，拥有最平常的烟火，才踏实，才长久。

只能爱到这里了

1

空调开着,十八摄氏度的温度,却依旧阻挡不住她的汗水,亮晶晶的小水珠,顺着发梢,慢慢滑下。

痛,撕心裂肺的痛,她双手使劲按住小腹,尽量让疼痛减轻一些,但疼痛仍如暴雨前肆无忌惮的乌云,漫无边际地泼洒开来,麻绳一样撕扯着她的五脏六腑……

"茉茉,我们去医院吧!"凯子焦急地说。

"没事,死不了的,一会儿就好了。"茉茉冲着他艰难地笑了笑。

"怎么会突然这样呢?"

"我也不知道,走到半路,突然疼了起来。"

"是不是一说来见我,就紧张了?"

"大概是吧?"茉茉忽然感觉疼痛轻了许多。她注视着凯子,这个三十三岁的男人。

凯子从后面环住她,手轻轻放在茉茉小腹上,轻轻揉着,轻轻按着。

"好点了?"凯子的头贴在了她的右肩上。

茉茉回回头,唇恰巧碰在他的头发上,痒痒的,很舒服。

"哎呀……"茉茉轻轻叫了一声,倒吸一口凉气,眉头又整个锁了起来。

"必须得去医院了,这哪行啊?"凯子噌地站了起来。

"不,没事……"茉茉全身蜷在一起,窝在床边。

"不行,真得去看看了!"凯子要去抱娇小的茉茉。

"没事呢,就一阵一阵的,估计一会儿就好了……"茉茉一把推开凯子。

高高的凯子蹲下来,揽住了窝在床边的茉茉。

凯子似乎没有办法了,继续轻轻按着茉茉的小腹,茉茉无力地将头倒在凯子的头上,额头的汗水慢慢浸湿了凯子浓密的黑发。

静静的,只有空调的呼呼声在房间里回荡。

小腹在凯子宽大温热的手心里,开始安静了下来。茉茉似睡非睡,整个人轻飘飘的。

2

那次,朋友安雯要去参加一个客户的生日PARTY,非要茉茉陪同。茉茉本来是一个安静的人,不喜欢这些热闹的场合,但安雯她是无法拒绝的——她是从小长大,无话不谈的铁杆闺中密友。

对她,找理由也是徒劳。茉茉干脆答应了下来。安雯得意地说:"我就是让他们看看,疯狂的安雯有怎样一个铁杆淑女闺密!"

茉茉用指头点点她，无可奈何。

当一身淡灰色素雅裙装、戴一条淡黄色贝壳项链的茉茉，和身着艳丽礼服的安雯出现在小礼堂的时候，引起一个小小的高潮，安雯如同骄傲的公主穿行在她的那些客户之间。茉茉知道，自己不过是来给安雯陪衬罢了。茉茉对此无所谓，只当帮她的忙好了，待安雯去应酬的时候，茉茉在一个角落静静地坐了下来。

这时，一个高大的影子出现在茉茉跟前："你好，还认识我吗？"

茉茉一愣，这种场合会有谁认识她呢？

"凯子？"茉茉将信将疑。

"是啊，茉茉……"凯子坐到了她的旁边。

茉茉没想到，会在这里遇到当年的老同学、自己的初恋情人。当年，阴差阳错，二人没走到一起。这些年过去了，二人竟有如此巧合的重逢。

原来，凯子这些年一直在经营着一家印制公司，因为业务原因，不得不来应酬一下，在茉茉和安雯进门的时候，凯子就注意到她了。

多年不见，二人都急于知道对方过得怎么样。于是，各自述说着这些年的打拼。茉茉似乎过得有些不尽如人意，老公每日在外奔波，对茉茉有些冷淡。茉茉虽然理解他，但总免不了点点伤感。当她听凯子说，因为工作不能常年在家，便把妻儿带在身边时，茉茉的眼圈红了。

　　细心的凯子发现了茉茉的不快,约茉茉出去,茉茉答应了。

　　二人沿着马路,边走边聊。凯子说,虽然他成家了,但他还一直想着茉茉,爱着茉茉,对妻子、对家他只有义务和责任,他知道,这样想,也许不道德,而最初纯洁的感情却怎么也无法从心底抹去。

　　茉茉停住,看着凯子,这些年,她也会想起凯子,也会想如果和凯子一起生活会是什么样子……凯子终于抓住了茉茉,茉茉的眼泪流下来,凯子轻轻吻住了茉茉红润的唇……

3

　　"啊……"茉茉轻轻叫了一声。

　　"怎么了?"蹲在床头的凯子吻醒了茉茉。

　　茉茉抬起头,抱歉地对凯子笑笑:"我睡着了?是吗?"

　　"嗯,好像是睡着了,看你那么安然,我忍不住就……"凯子坏坏地笑着,眯着双眼看她。

　　茉茉低了头,感觉真的舒服了许多。

　　凯子轻轻活动一下僵硬的腿,站起来,抱起茉茉,将她平平地放在床上,盖上毯子,顺势倒在她的旁边,吻她微闭的双眼,吻她细滑的鼻头,吻她烫烫的嘴唇。茉茉像是被泼了油的焰火,娇小的身子刹那间融在了凯子宽阔的胸膛里……

"几点了？茉茉，你该回去了！"茉茉这次真的在凯子怀里睡着了，她太累了，但睡着的她又这样警醒，凯子只轻轻一动，茉茉立刻清醒过来，眨眨蒙眬的眼睛，使劲往凯子怀里钻。凯子爱怜地拍拍她，"好啦，好啦……"茉茉知道，她该回去了，儿子还等着她呢！茉茉不情愿地离开凯子的怀抱，捋了一下凌乱的头发，看凯子下床去给她拿衣服。茉茉忽然想哭，怎么是一个如此耐心的大男人？

疼，又是一阵钻心的疼，茉茉很奇怪，今天是怎么了？这疼怎么像夏天的脸，一会儿一变呢？这次，茉茉咬住嘴唇没有说什么，她知道自己该走了，她让自己坚持一下，坚持一下就可以踏踏实实地将自己扔在家里的床上了。

"怎么样？还疼吗？你呀，准是着凉了，下楼喝点热的东西去吧……"凯子没有注意到茉茉这些，边整理着衣服边说着下一步的打算。

"不了，我回去，我得看儿子去！"茉茉的口气很坚决。凯子有点吃惊她的态度，看看茉茉，犹豫了一下："好吧，我送你！"

4

茉茉一进家门，就支持不住了，将整个人扔在了床上，拽过被子把自己裹了个严实。

"怎么了？"茉茉的老公经纬从书房出来。

"肚子疼，一阵一阵的，受不了了……"茉茉有气无力地说。

"能坚持吗？"

"看看吧！"

"不行咱就去医院，别忍着。"

"嗯。"

茉茉摆摆手，让经纬自己去忙，她想试试，自己能不能挺过去。

茉茉闭了眼，脑里一片空白。疼，疼，只是疼，茉茉忍不住了，她开始喊经纬。经纬忙出来："走吧，咱去医院。"

茉茉没有说话，算是答应了，她不想说了，她已经真的疼得无法形容了。

检查之后，医生告诉茉茉，没有什么大事，急性肠胃炎，输点液就好了。茉茉点点头，随医生进了输液室。

当液体一点点输入茉茉的体内时，茉茉觉得自己那么踏实，那么放松，少了一点紧张，少了一点担心，少了一点不安……茉茉看着液体一滴一滴滴下来，凉丝丝地进入血管，一种似乎从未有过的快感弥漫了全身。她看看经纬："老公，我想睡觉。""睡吧，睡吧，我看着。"茉茉冲他微微一笑，扭过头。

片刻之间，茉茉就进入了梦乡。茉茉感觉自己来到一个山清水秀的地方，经纬和她一起漫步在竹林间的小路上，茉茉拉着经纬的手，拾级而上，一路无语，相视而笑。忽然，经纬松了手，看着茉茉，扳过茉茉的脸问："茉茉，你愿意和我这样白头到老吗？"茉茉没想到，平日里严肃的经纬会如此的深情，茉茉一时语塞。

"茉茉，来吗？我在老地方等你呢！"凯子忽然不知从什么地方出来。茉茉吓呆了，怎么会这样呢？

"啊……"茉茉大叫了起来。

"疼啊？"经纬听到叫声，连忙凑近了问。

"啊，不，不疼，做了个梦……"

"看你，我以为又疼起来了呢！看你那汗。"经纬说着，递给茉茉一张纸巾。

茉茉擦擦额头的汗，再也睡不着了。

从医院回来，茉茉什么也没有收拾，偎依在经纬的怀里，沉沉地睡去。

5

日子一天天地过着，茉茉依旧与儿子嬉戏，照顾老公起居，努力地工作。

"茉茉，我今天去老地方等你，好吗？"茉茉下班的时候，收到了凯子的短信。

茉茉看着这一行熟悉的字，已记不清是第几次看到了。只记得

第二章 咫尺天涯

这一行字带给她的激动、不安、兴奋，这一行字，曾经让她为之疯狂，为之不顾一切。

今天，茉茉却出奇的安静，看了一遍又一遍，想要在这字里读出什么似的。茉茉走到窗前，眺望着远处的楼群，几年前这里还是一片低矮的平房，如今已是高楼林立了。这个地图上找不到的小城，正初步具备了现代城市所具有的气息，开始蓬勃灵动起来。茉茉长长地舒了一口气，看夕阳余晖洒在粉色的楼房上，翠绿的大树上，如此的清新恬淡。

茉茉飞快地下楼，叫了出租车，直奔"老地方"。

这个地方，熟悉又陌生，熟悉的是她和凯子留下的气息，陌生的是，它不属于他们两个中的任何一个人。

凯子还没有到，茉茉知道，他有很多的应酬，他要在这众多的应酬当中抽出一切可能抽出的时间来陪茉茉，这让茉茉很是感动。冥冥中，茉茉又觉得自己这样很残忍，对凯子、对经纬、对自己……

茉茉从挎包里拿出那封几乎快要背下来的信，轻轻放在饮水机旁。她知道，凯子一定会看到的，因为每次凯子进屋，首先要给她和自己倒一杯水。凯子说，茉茉就是他的水，让他在每一个时刻都生机盎然。

茉茉环视着这间小巧的屋子，一如往常。茉茉站在门口，几次转身，几次未动，几次三番之后，目光再一次落在饮水机旁的信上。茉茉鼻子一酸，泪，迷离了双眼。

茉茉环视这小屋，终于决然地转身而去。走在夕阳里，茉茉知道自己要经历一场心灵的炼狱了。不知为什么，她忽然想起了岳飞《满江红》中的一句：待从头、收拾旧山河，朝天阙。

茉茉在心里，使劲吼了一遍这句词，觉得自己真就那么壮怀激烈似的，不由笑自己了，笑着，回头望望那小楼里那间小屋，泪又流了下来！

凯子：
原谅我的不辞而别，我怕我控制不住自己，反悔自己的决定。

曾经，在每一个清晨，我是那样想你；在每一个落日，我是那样思念你……可是，我们弄混了爱的概念，我们颠覆了中国传统的美德，我们背弃了心灵的纯净，我们在这种矛盾里，小心翼翼地生活着，舔着心灵给自己带来的创伤，虽然快乐着，却更大得痛苦着……

你是风筝，家是那根长长的线，你飞多远多高，总也不能断的；我是线，我也在放风筝，线放多远，也是不能断的，而风筝和线，怎能在空中交换方向呢？

凯子，我决定走了……

茉茉

谁是谁的谁

1

果果每天都要若干次地上下QQ,而每次持续时间不过五分钟。

包括早上起床、午餐时间以及给领导送完文件回来的片刻间隙,她都要飞速地登录上QQ,稍稍浏览,匆匆下线。对此,她已欲罢不能。

果果不是个电脑迷,她一不聊天,二不在网上闲逛,除了工作,她几乎不接触电脑。可是,当她发现在家爱上网的老公——贺鹏飞,突然天天往公司跑的时候,并且一向大大咧咧的他,在接电话时偶尔神秘起来的时候,女人特有的敏感神经一下子开始活跃了起来。

贺鹏飞不帅,但也算得上是个成功男人,经营着一个不大不小的公司,管理着不多不少的上百名员工,事业做得是顺风顺水。身边当然不乏美女环绕,但因为他为人正直踏实,从没有过什么绯闻。果果常以此自豪,而现在,果果感觉这种现状要结束了。

首先,她要排除的是贺鹏飞身边的女人,但无非是那几个平时叫得震天响的表姐表妹,她们要么是结了婚的,要么是在热恋中的。而她们不仅是贺鹏飞的死党,更是果果的知心朋友,种种推断之后,她们无一例外地都被排除了。

那还会有谁呢？贺鹏飞的应酬虽然很多，但是，他从未在私下里单独会见过任何一个女子，而且，他的那些客户，常常成为他讲给果果的故事主角。所以，他的生活对果果来说，应该是透明的。

在这些之外，果果接触最少的是他的QQ，对，QQ！果果忽然感到一阵柳暗花明。

以前贺鹏飞的QQ有事没事总是在上面挂着，甚至在他忙的时候，还要果果帮他应付一下。可是，最近他一离开电脑，必定下线。果果决定从QQ入手。

得到贺鹏飞的密码不是很难。因为果果的不动声色，并没有引起贺鹏飞的注意。因而当他在家里登录的时候，果果便假装在旁边收拾东西，漫不经心地瞟上一眼，看个大概。几次之后，果果便准确掌握了他的QQ密码。

那天，贺鹏飞出差，果果估计他在路上的时候，坐在了电脑前。果果很紧张，心怦怦地加速跳个不停。她深吸一口气，将一行数字加字母敲了进去，顿了一下，点击登录。

可爱的小企鹅在转了若干圈之后，一排各式各样的头像便接二连三地亮了起来。果果点击了预览。她有点失望，全是公司的业务！果果开始怪自己小心眼了，准备下线。

不过，当她拉开"陌生人"一栏的时候，当她看到唯一一个"陌生人"残留的聊天记录的时候，她知道，有料了。

原来，贺鹏飞把各色人分成了相反的组。比如：家人一栏一概是不熟悉的人；朋友栏里是平时的死党；好友是工作的客户；而陌生人里，则只有一个叫嫣儿的。

他们留下的记录仅仅几行，看样子，很大一部分已经删掉了。

嫣儿："好啦，不说那些烦心事了！"

贺鹏飞："想开点！需要什么说话，明天我给你把钱划到卡上去。"

嫣儿："好吧，大宝！开始想你了！"

贺鹏飞："睡吧，乖，明天还有事呢！记得盖好被子！你睡觉的时候太不老实了，呵呵！（外加一个可爱的笑脸。）"

嫣儿："嗯，睡了，好想含含你的唇！（稍带一个暖暖的拥抱。）"

看到这里，果果全然忘记了自己是在电脑前，握紧拳头，狠狠地砸在了键盘上。什么时候他叫过自己乖呀？什么时候他这么温柔地叮嘱过自己呀？果果终于愤怒了。

刚才还想，偷看贺鹏飞的东西是多么不道德，此刻，果果完全没有了任何歉意。

到底谁是谁的谁？果果迷茫了。

2

事实是，打死果果她也不会想到这种事情发生在自己身上，发生在憨厚的、一直是公认的"本分男"贺鹏飞身上。可这一切，居然那么快就成了水中月，镜中花，果果不甘心。

果果申请了一个QQ号，加了那个叫嫣儿的。

果果等着那个嫣儿的通过，她怕她会拒绝，那样的话，她没有任何机会走近她，更不会在没有任何声息的情况下了解事情的真相。果果想安安静静地把事情弄个水落石出。

事情出奇的顺利。仅仅两天之后，嫣儿就通过了果果的申请。在彼此问候中，果果以一个"局外人"的身份与嫣儿聊了起来。很快，果果得到了嫣儿的信任。嫣儿称果果为姐。

原来，嫣儿是个刚毕业的大学生，在公司实习的时候，被贺鹏飞的沉稳睿智吸引，不可救药地爱上了他，便展开了疯狂的进攻。最终贺鹏飞败下阵来，缴械投降，收了嫣儿这个小情人。

果果说，自己未婚，因为爱的人已经成家立业。但因为爱，自己就不能破坏人家的家庭了。

果果之所以这样说，是想告诉她，做这种"局外人"其实是个糟糕的做法，是个被人唾弃的角色，还是忍痛离开吧！她想以这样的方式使嫣儿接受，然后退出。

可没想到，嫣儿竟然很是反对，说："姐呀，人家为什么爱咱呀？就是因为和他老婆不好啊，他老婆不能带给他激情了，咱能，为什么说咱是破坏者呢？再说，咱可是真心爱的呀！"

果果没想到，嫣儿会是这样一个率真而又狂野的女子。

果果小心翼翼地回应着:"我在这条路上等的时间太长了,四年了,依然没有结果。他天天说给我幸福,可是在哪里呢?"

果果这样说的时候,心里想着,贺鹏飞是不会和自己离婚的,要想办法让嫣儿自行消失,免得两败俱伤。果果不想害了那个女孩,不想害了贺鹏飞,更不想害了自己的家。

嫣儿却说:"没关系啊,我会等的。况且,我的功夫那么好,每次都让他爽到不行,嘿嘿……"

果果终于忍不住了,他们已经上床了!

果果站起来,在屋子里来来回回走着,她不知道怎么办好了,她想一把拽过贺鹏飞来,使劲打他两记耳光;她想臭骂一顿那个叫嫣儿的;她想知道自己到底扮演了一个什么角色。

"滴,滴……"嫣儿可能感觉到了她的好心,没有丝毫戒备地和她聊着。当果果没有回应的时候,接二连三地发来一串问号。果果深深吸了口气,让自己平静下来,继续聊着。

从屏幕上跳跃着的字里行间,果果知道了,贺鹏飞是那样深深地喜欢着这个女孩,疼爱着这个女孩,而且还答应女孩,他会离婚娶她的。

果果的心一下子凉了,她没想到,自己辛辛苦苦地付出,竟然换来这样的结果。这个可恶的 QQ 简直就是潘多拉的盒子,放出那么多让人震颤的秘密,打乱了整个世界。

果果还知道，就在嫣儿信誓旦旦要嫁给贺鹏飞的时候，她还和另一个男子暧昧着……

　　果果流泪了，是为贺鹏飞的痴情，还是为了这个叫嫣儿的女孩？谁知道呢！

3

　　果果放弃了一切工作之外的事情，她抓紧任何一个机会，和嫣儿聊天，因为有了共同的话题，每一次的聊天都那么依依不舍。

　　当果果了解了事情的全部，当果果将自己破碎的心一点点收拾起来的时候，她挣扎着一次次劝嫣儿，希望她能明白，相差十七岁的他们，会面临很多的考验。

　　她能接受在她还像花一样灿然绽放的时候，贺鹏飞已经白发染鬓了吗？她能接受，她渴望做爱的时候，他已经心有余而力不足了吗？嫣儿似乎有点犹豫了，但仍然义无反顾，发了一个胜利的手势给果果。

　　一切都没有悬念了。当贺鹏飞回来的时候，果果已调整好了状态。在他接嫣儿电话的时候，果果调侃着问："谁给你打的电话啊？这么暧昧？难不成有人追了？"

　　贺鹏飞明显的有一些慌乱，胡乱搪塞了过去。

　　果果笑笑，不再追问。

QQ 的密码贺鹏飞没有改动,他不知道,一向不喜欢聊天的果果,此刻已成了地道的"聊天迷"。忙里偷闲,每天都会有很多次,他的 QQ 被果果登录,登录,再登录。

贺鹏飞没有注意到果果那些细微的变化,他以为,果果还是那个文静秀气爱泡韩剧爱做家务没有什么心思的小女人。于是,他开始以加班为由夜不归宿,开始网上订购鲜花,开始关心离婚财产的分割……只是,他还没有正式向她提出离婚。

那天,果果给嫣儿留言:我结婚去了,老公不是"他",是等我九年的同学。希望你也找到自己的真爱,找到自己的幸福,再见!

果果假想了这样一个心仪的人,和自己结婚。她抱着最后一线希望,希望嫣儿能回心转意。果果决定永远不让那个 QQ 亮起来了,所以,最后一次"交谈"里,她想提醒嫣儿,让嫣儿知道:无论有没有硝烟,三个人的世界,三个人的电影,始终不能有结局。

之后,果果请了假,打算好好地放松一下自己。

春天的苏州,宁静妖娆,处处荡漾着天然的温情,不经意的,人就沉淀了下来,朴素而原始。果果住的那栋灰白色的房子里,有着慈祥的老人,每天早晨总会和老伴熬了粥,放在果果的房里的桌上,然后牵了手去购物。果果看了,总觉得这房子里摇曳着绵绵久长的东西,让人心生感动,是爱情磨砺出的历久弥香吧。

果果将自己和嫣儿的聊天记录拷贝了下来,发给贺鹏飞,附上一段留言：我出去待一段时间就回来。如果你想离婚，我签字；如果不离，就完完整整回家，好好过日子！

4

果果仍然一遍遍登录QQ，不是她的，是贺鹏飞的。

她依然那么执着，那么认真。

只是，无论任何一个角落，都没有了贺鹏飞与别人暧昧的聊天记录。

果果却感觉失去了最纯真最坦荡的日子，不知道谁是谁的谁。

她在等待着……

周末，贺鹏飞回到家里，和从前一样开始和果果聊天。可是，他知道一切又和从前不一样。贺鹏飞说："咱们去趟丽江吧。"

果果抬头说："好。"

路上，偶尔有车走过，辽远的天，让人没有思想。

贺鹏飞驾着车——小心、稳妥；车上坐着他的爱人果果——安静、温顺。两人一路无语。

丽江有幽幽的小桥流水，石板路散发着淡淡的清水的味道，溪边处处低垂着杨柳，古老的青瓦白墙，斑斑驳驳。果果看着这房子忽然不动了，她想到苏州，一样的心神气凝，还有她给贺鹏飞发邮件的那个决定。

贺鹏飞拉拉果果的手,继续走,说:"丽江是艳遇最多的地方,你就是我艳遇里重新出现的主角。"

果果心里忽然一疼,她知道,他依然还爱着她,虽然,他曾一度把她弄丢。如今,他开始找寻她了,而那个叫嫣儿的,注定,会成为他心里的一场烟花,寂静了,挥散了,如此而已。

但是,果果仍没有任何表情地和贺鹏飞走在丽江这片妖媚的土地上。她不敢确定,丽江真的可以有这样一场艳遇,让爱情重生?

玉龙雪山脚下,贺鹏飞拿出了几张白纸,那是他打印的果果发给他的邮件。

他慢慢将它们折成一束雪白的纸玫瑰,说:"你忍辱负重,成全我的现世安稳,当我知道的时候,差点丢了我最宝贵的护航。人是必须要承担责任的,我可以没有玫瑰,但是不能没有你给的岁月静好。所以,我的取舍不言而喻。"

贺鹏飞看着泪眼婆娑的果果,果断地将那束玫瑰丢进了路边的果皮箱,回身紧紧地拥着果果,深深地、深深地吻了下去。

在爱情的道路上,如果偶然与人狭路相逢,那么就这样侧身与之擦肩而过吧。毕竟在两个人的世界里,没有谁和谁,只能是你和我,相依相偎,这才是真的福祉。

亲爱的，我爱你

1

在这个春天暖暖的午后，太阳笑眯眯地慢慢往山下滑，给校园镀上了一层柔和的光。

紫陌坐在窗前，正好有一缕斜阳射过来。她抬起脸，享受着这个春日难得的午后。教室里的人，稀稀落落的，都忙着去享受了吧。这春日，太快，不小心，叶就绿了，花就开了，扑棱棱地，夏天就来了。这春啊，多像青春，多像爱情，稍纵即逝啊，真真让人心疼。为什么美好的事情，总是让人心疼呢？

"紫陌，有人找！"刚进教室的同学大声叫着。紫陌一下子回过神来，答应一声，赶紧往外走。转过墙角，走上甬路，甬路异常安静，两边垂柳淡淡绿色的枝条，自顾自地飘摇着，温柔地直达心底。

啊，是他，他怎么会来了呢？紫陌远远地看见了那个高大的身影，正款款向她走来。紫陌的小心脏一下子到了嗓子眼，刹那又直落心底，唰地又弹回来，这小小的心脏啊，正以无法计算的高频率狂跳着，脚步，却挪不动了。

怎能想到，怎能想到，这个天天写信的男子，一下子落到眼前了呢？

还是上周，欧阳鹏在给紫陌信的末尾，怯怯地问了一句："紫陌，下次给你写信的时候，能不能叫你阿陌？"

紫陌拿着那信，微微低头，浅笑，她知道，这称呼的改变，是因为他对她的喜欢。

可是，紫陌还矜持着呢，还没来得及写回信，他这人，怎么就到了呢？

终于到眼前了，紫陌不敢直视了，看一眼他，脸红得发烫，不知该说什么。

"没想到吧？"似乎是在一起很久的样子，欧阳鹏低头看着这个娇小的人，笑眯眯地问着。那语气里，满满的疼爱，满满的怜惜，满满的思念。

"嗯。"紫陌终于发出了一点声音，强迫小心脏慢慢地回落。

2

欧阳鹏是那种发育晚的男生。高中的时候他瘦瘦的，个子不是很高，自然排座位的时候，就和娇小的紫陌坐到了一起。

欧阳鹏父母老来得子，对他是疼爱有加。虽不是什么豪门富二代，却也是花钱如流水。各种文具，各种零食，总是满当当地塞满课桌。然后，下课时他招呼一帮小哥们儿，吃啊，喝啊，上课了，胡乱一塞，完事大吉。剩下的零零乱乱，紫陌便收拾了，她忍受不了乱糟糟的课桌。

即便紫陌的埋怨一次高过一次，也被欧阳鹏一次次诚心诚意的道歉所代替。久而久之，紫陌就不说什么了，尽管收拾好了。

高三的时候，紫陌忽然听到一些关于欧阳鹏的只言片语。她真的不喜欢用闲言碎语这个词，她觉得那个词太龌龊。

那只言片语是：欧阳鹏喜欢了班里的一个女孩子，和女孩子表白，然后被女孩子拒绝。欧阳鹏不开心，继而又接受了喜欢他的一个女孩子，但是，欧阳鹏并不喜欢那个女孩。

总之，欧阳鹏成了一个花花公子。

紫陌听了，心里难受得不行，她不相信，这个成绩响当当的男孩，这个对她一直很尊重的男孩，会如此滥情？

紫陌忽然一惊，怎么会想到滥情这个词？再说了，他和她又有什么关系？

接下来的传说更可怕：欧阳鹏喜欢了一个退了学的女孩，去女孩家里了，女孩父母不同意他们交往，他就赖在女孩家门口不走，口口声声说，他就要等着。

紫陌听得心惊胆战，有同学悄声问："你知道欧阳鹏的事吗？"

紫陌摇头，"我怎么会知道呢？"

"哎呀，你白和他同桌呀，你察觉不到吗？"

紫陌摇摇头,"和我有什么关系呢?不知道。"

是啊,和紫陌有什么关系呢?可是,心里却怎么如翻江倒海一样的呢?

紫陌不闻不问,任凭各种传说滚滚而来,她照样收拾他弄乱的书桌,他照样看她的书。

一模考试结束后,欧阳鹏忽然问:"紫陌,你说,我要报哪个学校好呢?"

紫陌看他,说:"我哪里知道呢?你的事情。"

"唉,我也说不好了,我怕自己考不好。"欧阳鹏那么认真,紫陌看着,忽然一阵心疼。

其实,欧阳鹏对紫陌一直这么一本正经,就像老师和同学。

紫陌知道,完全是因为自己的成绩比他好一点而已,仅仅是一点。因为,三年里,紫陌只有两次的成绩比他高一点,跃居全班第一。然后,欧阳鹏就说:"哈,你厉害啊,当为我师。"

自此,欧阳鹏对她更是敬而远之。

高考结束后,紫陌如愿进入了自己理想的学校。

可是,欧阳鹏的成绩却不尽如人意,他选择了出国,去了那个被紫陌描述多次的地方——澳大利亚。紫陌说,那里,天蓝地阔,她喜欢那种寂静和空荡。

听说,他去报到那天,和他传说中的每个女孩子都去道别了。

紫陌等着他，却一直没有等到他的到来。

3

欧阳鹏成了"高富帅"。

大学里，紫陌收到的第一封信，竟然是他写来的。他慢悠悠地说他的新学校，喜滋滋地说他遇到的那些女孩，当然，他也说，他在创业。大三的时候，他俨然已是学校里的"富豪"。

对此，紫陌并不感到奇怪，他一直是那个聪明能吃苦的人。

几乎从不打电话，也从不发短信。他们仿佛回到了六七十年代，每天等着邮差，等着贴着邮票、盖着邮戳的信，也许，还会夹着一两张照片，从大洋彼岸带着体温款款而来。

这信，成了紫陌生活里的阳光，滋润得紫陌愈发得有几分娇羞。

紫陌是那种清凉的女子，从不轻易将自己的喜怒哀乐赤裸裸地呈现在眼前。

当欧阳鹏把自己送到她眼前的时候，那一份婉转低眉，仿佛是古代的人。

"紫陌。"欧阳鹏在甬路上叫她。

"嗯。"她轻轻地答应着，跟在他身后。

没说去哪里，欧阳鹏向外走，她就跟着。

他不说话，她也不说话。几年没见，怎会没有话说呢？

那一写就五六页，行云流水的信啊。

可是，此刻，不说话，他听得见她的心跳，她也听得见他的心跳。

"紫陌。"他歪歪头，叫她。

"嗯。"她轻轻答应着，低头。

春风轻柔柔的，他和她也情柔柔的，这样的柔媚，荡漾在春风里，甜甜的。

安静，有时候，是有着超人的能量的。

两个人走到一个叫很久以前的餐馆吃饭。她喜欢这样有着淡淡苍绿味道的名字。

他抬头看她，她也看他。一顿饭，吃得那么久远。

吃到了月亮爬了出来。

他拉着她的手，走出来。她的手那么凉，微微地颤动着。他使劲地握着她的手，看她，问："没有人握过你的手？"

她一下子低下了头，她知道，他想问，有没有可人的男子。

她摇摇头，手心里竟然冒出了汗。

他知道，她喜欢他了。

"我不走了，回来创业。因为有你。"

紫陌点点头："我知道。"

欧阳鹏一惊，没想到她会这么说，原以为，他说出来的时候，她会拒绝。这么长时间，他哪里敢贸然地去爱这个清凉的女子。

"因为，我也喜欢你，可是，我不敢……"

紫陌的声音，被两片热热的唇盖住了。

4

回国创业，欧阳鹏做得顺风顺水，身边的女子真的轮流地转。紫陌从不过问，她看他和她们周旋。

偶尔，紫陌会呆呆地看着他，一动也不动，欧阳鹏觉察了，知道她想什么，就笑，点点她的小鼻头，说："你要给我生一群孩子，我就是喜欢许多的孩子在一起叽叽喳喳的，幸福。"

紫陌的脸就红，低下头拧着长长的丝巾一角。

父母也是很自然地听到了一些风声，打电话催促："差不多，就带回来看看吧。"

欧阳鹏决定带紫陌回去，紫陌紧张地看他，不点头，也不摇头。

欧阳鹏问："怎么了？"她眼里忽然含了泪水。

"你不放心我？"欧阳鹏终于问到了紫陌的担忧。

紫陌不语。是啊，欧阳鹏有着太多的传说，太多的故事，这些，怎能不入紫陌的耳朵呢？只是，紫陌从不打听，从不过问。

欧阳鹏一把抱住紫陌，似乎要把她掐出水来："放心吧，我中毒了，除了你，我无药可救。"

紫陌的泪浸湿欧阳鹏的白衬衫，他扳开她的肩头，严肃地说：

"不许哭,不许让我看见你哭!知道吗?我只允许你笑,好不好?笑一个。"

紫陌低头,泪还在流,她却真的笑了。

去见父母,这对恋爱中的男女来说,是件隆重的事情,也是在家族中正式宣告两人的关系。

紫陌不知道要穿什么衣服,忐忑不安的。

欧阳鹏笑笑:"穿啥都好,人好就好。"

紫陌笑笑,幸福的样子。

敲门的时候,紫陌还在惶恐着,听到里面亲切的期待的声音,怯怯地看欧阳鹏。欧阳鹏拍拍她的肩头,眯眯眼,努努嘴,俏皮地一笑,让紫陌舒展了不少。

开门的时候,紫陌忽然有一种寒意,她看到老人家有点僵硬的笑。

果然,吃饭的时候,欧阳鹏的父母说:"孩子多吃点,你看你那么瘦,不多吃怎么行呢?"

欧阳鹏给紫陌夹菜,紫陌颤颤地说:"谢谢。"

他看一眼紫陌,紫陌答应着老人家,真的吃,很认真,很努力。

晚宴散了,欧阳鹏送紫陌回去。出门的时候,欧阳鹏的妈妈低低地问了一句儿子:"你看上她什么了呀?"

欧阳鹏没说话,他早就看出来了,父母不喜欢她,不喜欢这个娇弱的女孩。

路上，欧阳鹏不多说话，紫陌小心翼翼地问："你怎么了？"

"没事，我有点累了哈，回家。"

5

欧阳鹏开始忙了起来。每每紫陌打来电话，就挂了。然后是短信，不管不顾地汹涌而来，只要他的手机存在，短信就不停，不息。

实在不行了，欧阳鹏接她一个电话，说："忙呢。"

是的，他在北京，忙得天昏地暗。

一天，欧阳鹏电话响了，他接听，朗声道："你好！"

"你好吗？"是那平静柔弱的声音。

"你？紫陌？"欧阳鹏一阵惊讶，"你怎么用北京的电话呢？"

"是呢，我来北京培训了，就用公用电话给你打电话了。我怕，你不接我电话。"紫陌很平静的样子，可平静里，是汩汩淌出来的激动和期待。

"哦，这样呢，我正忙着，稍后联系你。"欧阳鹏长吁一口气。

"嗯，好的。听到你很好就放心了。"紫陌轻轻放下电话，抬头看一眼人来人往的北京西站，新修的广场上，还有一堆新运来的大理石，堆成堆，矗立在那里，挡住了紫陌找寻列车车次的视线。

报刊亭老板叫她："姑娘，还没找你钱呢。"

紫陌回头笑笑："谢谢您，不用了。"她看一眼那个旧旧的电话，像看着一个苍老的故事。如今，谁还跑到公用电话亭打个电话呢？

　　紫陌来了，她不仅到公用电话亭来打了电话，而且还是起早坐了火车，经过六个多小时的路途，来到北京西站，只为用这里的公用电话，给那个人打一个电话，听听那个人的声音，知道那个人还平安。

　　紫陌仰头看天，很蓝。耳边的车水马龙，淹没了这样一个小女子的声音。她忽然觉得安静，是心底忽地有石沉下的样子。眼角，有清凉的泪，滑过。

　　紫陌掏出手机，编辑了一条短信："风柔柔兮春来暖，壮士去兮何时还？"

　　她看着这几个字，迟迟没有按下发送键。这是第多少条短信了？不知道，算不清了。

　　屏幕上的钟点已经是下午四点二十分了，火车还有五分钟就开了。

　　她在西站的广场上，安静地站了五个小时，她听着北京的声音，感受着他的温度。

　　北京的落日也很好看，紫陌动动有点发麻的腿，终于按下发送键。

　　她慢慢地走向站台，走向那个她喜欢的车厢。她喜欢旅行，尤其喜欢旅行的路途,她觉得那是一种很纯净的享受。

静静地看着窗外的原野一片片掠过,她估计,到家的时候,应该是晚上十点多了吧,稍事休息,不会耽误第二天早起上班的。

6

这一忙,就是一个多月没有见到紫陌。

再次看见紫陌的时候,人依旧是清丽丽的,眼睛里却散发着一种空洞,凉,那么凉。欧阳鹏轻轻皱了一下眉头,毕竟,是他真心喜欢的女子。

"你说过,你让我放心的;你说过,你中毒了;你说过,我是你的药……"说着的时候,紫陌的眼泪不掉下来,只在眼里打转转,欧阳鹏说过,不允许她哭。

他说过吗?他说过什么呢?都随风而逝了吧,可是,紫陌动了情,牵心扯肺地动了全身的筋骨。

欧阳鹏说不出话,眼前的人,让人心疼。

满桌子的菜,没怎么动,都是她喜欢的菜。

她拿起包,淡淡地说一句:"你好好的。"转身离开。

他应该送送的,可是,她已经远远地走掉,消失在街道的拐角。欧阳鹏的脚,还是不由自主地慢下来,慢下来,停住。

欧阳鹏开始没完没了地相亲,终于在父母开怀的笑声里尘埃落定。

第二章 咫尺天涯

偶尔，他也会想起她来，那个清凉的女子。

二十年同学聚会，都将近中年，每个人却又青春涌动着，像青春的少年。

欧阳鹏不平静，他想不到她会怎么样，这么多年，没联系。她说，离开他，她活不下。这些年，她怎么活？

紫陌来了，仿佛脱胎换骨了，还是不漂亮，却成熟，饱满，是逼人的艳。欧阳鹏忽然一颤，握了一下酒杯，想去打招呼，却站不起来。而此刻，紫陌周围尽是人。他远远地落了座。

喧嚣的场面，有了点点安静，他走过去，竟然有点结巴："你，你，你好……"

紫陌一笑，说："好久不见，更帅气了哦！"她反而比他坦荡得多，像什么都没有发生过一样。

他不自然地笑了笑，他以为，她会不自然，她会不理他，她会躲避，独独没有想到，会是这个样子。

当然，欧阳鹏绝不会知道，紫陌真的活不下去了，一次次晕倒，一日日滴水不进，直到后来，听到他结婚生子；直到后来，看到父母的白发；直到后来……她要自己幸福地活。

聚会散去，一一告别，欧阳鹏看着她，眼睛里要流出泪，那样的男子，怎么也要流泪呢？她走过去，拍拍他，"好好的，再见。"

他笑着，无话可说。他以为她还会一往情深。而她，早将那些年的爱恨幽怨,化成了一把浓绿,散淡在岁月里。

  俗世日子里的爱情,哪里来得惊天动地轰轰烈烈,不过柴米油盐细水长流而已。欧阳鹏的眼泪忽地掉下来,这个多年没有流过泪的男子,知道自己再也回不去了。

来世爱你，我的疯丫头

1

宋慈喜欢坐在二十三楼的阳台上。

阳台是落地的窗，一眼就能看到小城很远很远的田野，通往田野的那条宽阔的马路，以及马路上南来北往的车流。

阳台上的绿萝、吊兰，都垂下了长长的枝条，碧绿碧绿的，仿佛成熟的女子，韵味十足。

宋慈捧一把小巧的紫砂壶，坐在藤椅上看它们，丝毫没有理会外面的喧嚣。

宋慈是从哪一年喜欢上安静的？她自己也记不清了，反正，她很清晰地记得，那时候，林子墨叫她疯丫头。

想到这里的时候，宋慈一个人，笑了。皱纹很轻巧地在她脸颊开了一朵菊花。

宋慈爱上林子墨的时候，是林子墨定亲的时候。

彼时，林子墨已经给宋慈写了二百六十六封信了，每一封都情真意切，每一封都让宋慈心跳不已。但是，宋慈不答应，她就是要看看林子墨到底有多爱她。

她把那些信，一张张地弄平，装订，放在精致的小盒子里，时不时幸福地享受其中。

然而很多的事情,即便这些事情很真实,很坚固,也是禁不住考验的。林子墨便是其中一个,他到底是和那个喜欢他的叫玉蝉的女孩定亲了。

听到这个消息,宋慈一下子呆住了,她觉得,他就是她的,凭什么他要和她定亲?

冲到林子墨面前的时候,她怒目而视着。林子墨紧锁眉头,一脸哀怨地看着她。宋慈的勇气一下子变成了棉花糖,"为什么定亲啊?"

"你能马上和我结婚吗?能吗?家里已经逼我很久了,你能吗?"林子墨几乎要哭了。

宋慈委屈地低下头,"人家不过是想考验你一下嘛,再说,我不想这么早结婚的!"

"都二十九了,你懂不懂?你可以,我不能,我是家里的独子,爸爸已经快八十岁了,他老人家不能等了,你让我怎么办?"

宋慈抬起头,一脸的泪,恣意地爬满了她的脸庞。

"林子墨,我知道,你爸爸喜欢玉蝉,玉蝉多好,温柔,美丽,大气,高贵,哪里像我,风风火火的,不招人待见。难道你看不出来吗?我正努力,正想让自己优秀一点,再来说爱你,再来让你爸爸接受我。可是,现在看来,我没必要了,林子墨,你放心,我绝不去争你那碗饭,但是,你记住,你休想从我这里溜走!"

泪水，和着宋慈这一阵狂风暴雨，凶猛地涌向了林子墨。还没等林子墨说话，她转身就跑。

林子墨一把抓住她："你个疯丫头啊，嫁给我！"

2

宋慈挣脱林子墨，回来的时候，她就把手机卡拧断，丢了。

她没想到自己会这样在乎他，会这样爱他。可是，他定亲了，对他这样一个在小城里举足轻重的人，怎么可能会悔婚？

她丢掉手机卡，就是不要再和他联系，就是让他好好地去爱他的妻子，就是让自己重新开始。

宋慈开始在小城里找房子，她要远远地离开他。

房子终于找好了，宋慈开始一点点地设计。她淘来红木椅子，淘来兰花，淘来紫砂壶，淘来青花瓷……小小的房间，便如世外桃源一般了。

宋慈铺好开满牡丹的床单，看看眼前的一切，她被自己吓坏了：这是她曾和他设计的新房的样子啊！

宋慈蹲下来，抱着双肩，再也不能自持。

林子墨到底来了，是在他大喜的前一天。都各忙各的，新郎反倒显得清闲了一点，都理解的，要为第二天的结婚典礼，养精蓄锐。

林子墨坐在椅子上，看她垂下头，一点点整理青菜，那样的温柔,那样的妥帖。

他不说话,她也不说话。默默地炒了青菜,默默地切了羊肝,默默地倒了红酒。这样的日子,多好,一日日,天荒地老吧。

风平浪静的日子,要求不再那么高。尽管,宋慈能想到,他就要和玉蝉缠缠绵绵去了,但她不在乎了,尽管去吧,只要眼前的人,还在。

她的桌上堆满了书,最上面的几本,是菜谱,保健类的。她开始学做一些东西,她想要让他吃得好,她要让他知道,她爱他。

但是,没有人再说爱,两个人谁都不说。

除了吃饭,什么也没做。

林子墨走的时候,深情地看着宋慈,宋慈低了头,不看他,宛若一朵莲花,肃静着。

林子墨接新娘的时候,天有大雾,朦朦胧胧的。在车上,他看着玉蝉,真的高贵,真的大气,真的是咄咄逼人。他的内心忽然泛起一阵涟漪,想哭,但仅是鼻头酸了一下,感觉便又消失了。

宋慈站在婚礼现场帷幔的后面,看司仪将一对新人介绍给大家,然后领引着新人完成一项又一项的环节。

新郎要吻新娘了,宋慈的内心还是有了一点小小的波动,扭头走了。

回家,煲粥。

3

林子墨成了宋慈的座上客。宋慈还是一如从前，贪恋着他的吻。

记得第一次林子墨亲吻她的时候，是在她小小的集体宿舍。那天，宿舍里只有他们两个人，林子墨坐在她身边说着他出差遇到的好玩的事情。她咯咯地笑个不停。

他忽然停住了，看着她，等她笑到一个时候。她也忽然感觉到了什么，猛地止住了笑，惊疑地看着他。

林子墨一把抱住她，狠狠地捉住了她的唇。她小小地惊叫了一声，像个受惊的小鹿，使劲挣脱他，跑到对面的床铺上，抱着栏杆低着头，不断地使劲喘着气。

而林子墨，已然是感觉到了嘴里有血溢出，血的味道，喷薄而出。

真静啊，一切都静止了。有多长时间？仿佛是几个世纪吧。

"怎么？吓着你了？"林子墨低低地、怯怯地问，不敢过去。

宋慈想哭，可怎么也哭不出来，心里的东西，蠢蠢欲动，又找不到出口，真难受啊！

听到他的声音，她终于流出了眼泪，世界的大门打开了，真亮堂啊！

"你看，我都流血了！"

"啊？真的？"宋慈抬起头，泪水里夹杂着激动、不安、愧疚。

林子墨慢慢地走过来，轻轻揽住颤颤的宋慈："对不起，我不是故意的，我不知道，你会这样……"

宋慈只是哭，她的初吻啊！如此血腥！

林子墨握着她冰凉的手，等她安静。

终于，宋慈仰起了脸。林子墨这才轻轻地轻轻地找到了她的唇。

宋慈闻到了一股血的味道，继而又感受到了一股热流，之后，一阵晕眩。

那一天，他们忘情地吻着，直到舌头都麻木了。她感觉到自己已是千万只蝴蝶，在林子墨的怀里飞旋着，如此美妙。

但是，宋慈想在结婚之前做一个处女。

在没有确定真的会成为他的妻子之前，一切止于亲吻。

此刻，宋慈，也依旧贪恋他的吻。他们，也依旧一切止于亲吻。

林子墨和宋慈喝完一壶大红袍，示意要走。宋慈不语，送他到门口。林子墨拥着她，照例一个深深的长长的吻。

林子墨出了门口，走了几步，又犹豫着站住，回来，又紧紧拥着她："疯丫头，找个好人嫁了吧！"

林子墨的话说出来了，宋慈的泪也来了。她说过，她就这么过，挺好的。

可谁承想，林子墨竟然说出了这样一句话。

4

就从布置好自己的小房子的时候，宋慈安静了，不再疯疯癫癫地出现在众人面前，真的变了一个人。

宋慈决定要以这种方式厮守林子墨的时候，她忽然感觉到自己是个坏人。她对不住玉蝉，对不住疼爱她的父母，也对不住，曾经纯粹的自己。

爱情这个东西，一旦来了，一旦在心里扎下根，就让人变得不管不顾了，就会让人以自己想要的方式，让爱情风姿妖娆地生长着。

这爱情，像山野里的罂粟。

宋慈也劝自己，离开吧，过柴米油盐酱醋茶的寻常日子，清清静静的，多好。

可是，一想到，再也不见林子墨，宋慈的心，就像被掏空了一样，六神无主，缤纷的世界似乎也看不到了，只余一片冷戚戚，灰蒙蒙。

如此，一而再，再而三，宋慈不再想，她采取了逃避的方式，任其自然吧。

然后，这一天终于来了。就在林子墨对她说找个好人嫁了的时候，她给自己构建的爱情王朝要坍塌了。

宋慈闭着眼睛躺在早已湿透的枕头上，一动不动。

"怎么了？要不要吃点东西？"林子墨什么时候来的？怎么没有听到开门的声音？

宋慈微微睁开眼睛，泪水，又唰地流了下来。

林子墨坐在床边，轻轻擦拭着她的泪水。

宋慈抓住他的手，用力地攥着。林子墨一动不动，任凭宋慈拿去。

宋慈一点点地爬上林子墨的肩头，一点点地捉住他的唇，一点点地褪掉自己的衣服，她要给自己一个交代。

林子墨抱起她，抚摸着她光滑的、软软的肢体，迎合着，吻她。

当宋慈要林子墨的时候，林子墨止住了，连同他给她的舌，也静止了。

泪水，顺着嘴角流到两个人的嘴里。

是的，林子墨没有要她，他成全了她。

同班同学王阳坤是林子墨的竞争对手，他一直想要从林子墨手中抢过宋慈。当宋慈搬离她的小屋，王阳坤自然是不会再放进其他任何竞争对手了。

林子墨参加她的婚礼的时候，他对那个王阳坤说："这个疯丫头，很可爱，这辈子，你来爱，下辈子，说不定我就来爱啰！"

王阳坤哈哈大笑，擂他一下："没有下辈子，只有这辈子。"

多年以后，宋慈给她的孩子们讲这个故事，孩子们说："那个爷爷真好，那么爱那个奶奶！那个奶奶真幸福！"

第三章 / 独自清欢

爱上一个人，一定是乖巧的，
一定愿意低下头，一定愿意奢靡阑珊，
可是，无遮无拦无畏无惧，
一步步逼来，是潋滟，
如化石，只能是个传说，
如此而已。

请你纯洁地来爱我

1

"千万别改了,就是'-5',没错的!"松远低低的一句,双手在书桌里翻动着,似乎在找什么。我紧张地盯着自己的试卷,一动不动,生怕老师发现了这可怕的"作弊"。直到松远若无其事地离开教室,我才长长地出了一口气。

高考前一模时,松远看一眼我的试卷,认定我第五题"-5"结果错误,我摇头,不改,他赌气出去找提前交卷的同学核对,之后,装作回教室拿东西,骗过老师,来到我旁边,说了这句话。于是,这句话就这么定格在了我的脑海。

松远是班里极高大帅气的男生,是很多漂亮女生心目中的白马王子,可是,不知为什么,老师却把这样一个男生和我安排到了一桌,也许,老师觉得这样放心吧!谁让自己是个小眼睛、单眼皮、长相难看的女孩呢?我一直这么认为,所以,我只有拼命地学习,让优异的成绩支撑起我浅浅的自信。因为我知道,那么多人都嫉妒我能和松远一桌呢!

松远似乎对所有的女生都一样,有种狂傲,有种不屑一顾。而他笑时,眼神里总浮荡着一层说不清的东西,让我有无穷的力量在心里涌动。别人叫苦连天的高三，却成了我极大的享受。

2

闻着他的气味，看看他的眼睛，高三的我一直处在这样的兴奋状态中，成绩扶摇直上。即便如此，我也笑自己，王子怎会看上丑小鸭？

高考前三模考试刚结束，他父亲突然遭遇车祸，撒手而去，撇下他和年幼的妹妹，还有粗具规模的公司。

那天，我几乎是拼着命跑到学校大门外的操场上的，当我一脸细密的汗珠，气喘吁吁地站在他眼前时，他的周围已经聚集了很多人，松远放弃了高考，他是来和同学们告别的。是的，没错，他的确是很多女生的偶像，她们都在和他告别，围得他水泄不通。我喘着气，等他，终于看到他的目光，他走向我："我以为你不来送我呢！"

"怎么会呢？"我激动得想哭。

二十三天后，高考结束，我如愿以偿地收到了北方那所重点院校的录取通知书。可是，它所带给我的兴奋却那么淡然——那好闻的气味，好看的眼睛，我再也不会闻到，也不会看到了。我知道，他不会是舞在我生命里的蝴蝶。

在同学们的羡慕之中，我进了重点大学。大学的生活很精彩，没有了高三时的紧张，自由的天地一下子让我无所适从，反而越发怀念那段紧张的日子。隐隐约约,听到了许多关于松远的消息,他去南方开分公司,人很阔气,有很多追他的女孩……

我知道,自己还是那只飞不起来的丑小鸭,默默无闻,只是用力打点着大学的日子,成绩依旧很好。因此,同学们才注意到了我的存在。

一天,好友阿菊打来电话,她告诉我,松远没了消息,很多人都找不到他了。我知道,阿菊一直喜欢他,但她说自己不是其他人的对手,于是她放弃了,却还一直关注着他。只不过阿菊不像我这么隐蔽,阿菊一直很张扬地关注着他。

心,怅然若失。

下午,突然接到一封陌生城市的来信,打开直看落款:松远!不可能吧?除了心一直颤抖,我还能作何反应?

松远淡淡地说着他的生活,忙碌,充实,有些许无奈。因为年轻,公司很多事他处理起来颇费周折。在一个紧急关头,一个女孩帮了他一把,让他起死回生。他的信里满是对那个女孩的感激。

我读着,心里颇不是滋味。可是在这个通信泛滥的年代,能收到信,而且是松远的信,夫复何求?

3

松远时而寄封信,时而打电话,让我的生活多了一个个美丽的点,大学生活也因此而分外美丽起来。所有的人都开始另眼看我——辛玫变了一个人!

我对每一个人都浅浅地微笑。

松远说,我的这份沉静,这份恬淡,这份上进,是他一直喜欢的,他说我可以给他一个永远的安定。

我想,我再也不会在乎同学们嫉妒的眼光了,而与一个人相爱到老该是怎样一种幸福?

阿菊说我应该甜蜜地死掉,这样的爱情是会化了一个人的骨头的。

毕业时,我放弃了保送读研,决定去松远的城市。我是不是太冲动?但这是我的选择,谁让我那么喜欢松远一遍一遍叫我阿玫呢?在信纸上,在话筒里,在耳畔旁……

当我们缠绵之后,他闭了眼,微笑着,躲在我的怀里,我轻轻抚摸他的脸,硬硬的胡须茬,在我细嫩的掌心滑过,很舒服。我认真地看着这个男子,不敢相信,高高大大的他,怎么就成了我的恋人?其实,我是配不上他的。

但他对我却是那么好!

一间干干净净的小屋,淡粉的窗帘,可爱的茉莉,调皮的卡通小熊,我最喜欢吃的甜点,最喜欢的《二泉映月》,还有《简·爱》……而在这缠绵里,松远从来不说要我,让我很踏实。

这是个温暖的家,它让我想要嫁给他,每天煲锅粥暖暖地等他!

不明白,怎么就为一个"阿玫"开始心甘情愿了呢!我笑。

可是,松远从来不说结婚,只那么笑眯眯地看着我,直到我头中一片空白,任他将我的唇一遍遍润透!

松远的应酬很多,我从不刻意要求他陪我,更多的时候,是我下班后在小屋里,静静地等他。

春天到了,花儿如霞般星星点点开在每个角落。小屋里的茉莉异常繁茂。那天,松远回来,搂着娇小的我,好一阵爱抚,但依然没有要我。而我,整个身体突然如绽放的烟花,在松远宽大的怀里,迸发!

松远停住吻我的唇,"不后悔吗?阿玫。"

我摇头,我呢喃,我甘愿!松远终于狂放起来,将我狠狠地揉碎在他的胸前。二十六年的蓓蕾,终于在这一刻嫣然而红!

这次,是我沉沉睡去。如同一尾鱼,游在松远热热的心海。

当我睁开眼睛,天色已亮,透过粉红窗帘的阳光,映着松远沉稳的面庞。

"松远,我们结婚吧。"

我希望听到一个让我心动的答案,但是,我什么也没听到,松远戳戳我的额头,"傻丫头,真可爱。"

我希望,在这种沉醉里过完我的春天。直到那天,我忽然感到了冷,从未有过的冷。

松远急事出门,手机落在小屋。而我是从来不动松远任何东西的。那天,我却鬼使神差般地打开了他的短信:

"我成功了,我看见了那抹鲜红!"

时间,是松远要我的那天。

我的心开始颤抖,拨出了那十一个干巴巴的数字,我希望是空号。

"你好,哪位?"甜美的女中音。

"请问你认识松远吗?"我为什么会如此胆怯?

"辛玫?"对方竟然知道我,我无语。

"看来,真的是你了,既然你知道我的号码了,想必也知道我了。我是荣琴,松远的未婚妻。辛玫,你是不是后悔了?我不是处女,但我想要松远,而松远想要处女,我不想让他遗憾,所以,我给他一次机会,很幸运,你被选中了。"

这不是小说,这也不是故事,怎么会发生在我身上?

我开始冷,浑身冷!荣琴,是松远曾经在信中感激的那个女人。

"我知道你不相信,但却是事实,而且他不会娶你的,因为他公司运营的掌控权在我父亲手中,我看中了的,都跑不掉的……"

我挂断了手机,扯碎了一切,隔绝了一切。

那次列车开往北京,凌晨2:00。

4

一年后,我穿着得体的职业装,化着精致的妆容,在气派的写字楼里的办公室过着金领的生活。挣了钱,我和朋友一起去山南海北或是品茶喝咖啡,但我从来不谈爱情。

没有人呵护我,我需要挺直身子自己生活,我知道,我不过是个普通女子而已。

曾经轰然爱过一场,到底是无法凌寒独自开的。而且,我常常怀念那小屋。小屋里淡淡的茉莉花香,总是在记忆里盘旋环绕,然后,在泪水中浸透,坠落在心海,无影无踪。

出现在身边的男子——杰,悄悄放了花在案头。看它,嗅它,丢它!破碎了的心,再如何修复,也是有裂痕的。

杰说愿做我永远的医师,让我重新来过。

我笑,我摇头,我固执。沉溺在那场爱海中,我要松远给我一个说法,我想要纯洁地去爱,哪怕海水已干,成为落岸之鱼,我也要等。

"辛玫……"高高大大的松远站在我眼前时,我几乎不敢相信自己的眼睛,我等的,仅仅是两年?

此时,我正参加公司的酒会。一向镇静的我,竟然心海卷起狂涛,就连精致的妆容都掩饰不住我的无措。

我仿佛是电影里改写命运的女主角。

酒会结束，松远走到了我面前。

"辛玫，我找了你整整一年，知道吗？我一直在找你，因为父亲的公司，我不得不与荣琴周旋。其实，早在上学时，我就喜欢你，这是真的，还记得那次考试吗？核对答案之后再告诉你，是怎样一种幸福啊！后来，我没办法逃出荣琴的掌控，我就对荣琴撒谎，说我有处女情结，于是她给我一次机会，让我走近了你……"

我听着，像一个遥远的阴谋与爱情。我怕自己会哭，但眼泪还是争着流了出来。我哽咽着说，却没有语言。

松远拿出了他和荣琴的离婚协议："我知道，我欺骗了你，我愿意用一生补过，因为，是你告诉我幸福是淡然的相守。"

"千万别改了，就是'-5'，没错的！"这一声，在脑海中决绝地再现，答案为什么是"-5"？负吾，负我啊！这个曾经走进我爱情的男子，注定是我永远的伤痛。于是，转身，泪已成海，却再也浇不醒，我这条落岸的鱼。

天使带回遗落的爱

第十一张图纸

图纸拿过来的时候,海明并没有抱多大希望,眼睛依旧停留在他的棋盘上。

可是,他只瞟了一眼,只一眼,就被击中了,似乎是在遥远的地方,又似乎在眼前,那么熟悉的样子。淳朴的田园设计,一下子就让他想到了,那个暖心暖肺的小山村。

海明抬头问助手,这是谁的作品?

助手小宋说,这是一个叫"蓝色记忆"设计室的作品,公司不大,但看上去很精致的样子。

海明点头,就是它了,回头我和设计师见面详谈一下。

田青一身运动装,背了双肩包,像个远足的大学生,来到了海明的面前。海明抬头看她一眼,忍不住说了一句:"哦,小丫头,不错嘛!"

"是我这个人?还是我的图纸?无论是什么,对于赞美,我一律照单全收。不过,我更希望你是说我的图纸!"田青一脸的自信,仰脸看着海明,颇有几分挑衅的味道。

海明笑笑:"这已经是第十一张图纸了,我不想再等下去了,说说你的具体实施吧。"

田青放下背包,拿过图纸,从设计原则到材料选购,直至最后材料的选择种类,分析得有条不紊,头头是道。

一向对工程要求异常严谨的海明,此刻却不时地抬头看她,她的脸庞红润,是很好看的那种白里透红;微翘的小鼻头,圆润而可爱;这样一张小巧的脸,却长了那样一双性感的唇,厚厚的,湿湿的。

不知道为什么,他忽然有一种冲动,想吻她的冲动。

蓝色情调

海明大学毕业后,就自己开起了公司,经过近十年的打拼,也算是小有成就,但一直没有属于自己的房子。用他自己的话说,没有媳妇,买了房子有什么用?自己一个人住公司,挺好。

可正在国家出台政策,调控房价的时候,他却顾不得许多,毅然买了。因为老妈要来"逼婚"。不得已,他买了这样的一栋不大不小的别墅,让助手找了若干设计师,最终看中了田青的设计。

公司里不忙的时候,海明没有再去研究他喜欢的象棋,而是来到别墅,看田青和施工人员一起忙碌着。他说:"你是设计师呀,不应该干这些粗活的!"

她瞪他一眼:"设计师亲自动手,不正好是临时监理了吗?哪能像你,来监督我们呀!"

海明笑了:"是不是想让我毁约呀?这么厉害!"

"知道你敢的,你还在乎毁约费那几个钱?但我更知道,你不放心我们的工程,是不?"

海明笑了,"好了,不逗了,今天收工我请客。"

"只要你不从装修费里减掉,当然可以奉陪!"

海明也搞不清楚,为什么那么娇小的田青,却有那么大的磁力,一下子让他没有了脾气。他看着田青近乎挑衅的神情,听着她那近乎肆无忌惮的话语,感觉好像是一种享受,很幸福,很有家的味道。他觉得,只有家,才可以这样贴心贴肺。

收了工,海明开着他的名爵跑车早早地等在楼下了。田青背了她的背包,整个人灰头土脸的就出来了。站在车前,田青冲微笑着的海明招呼着:"哎,我这个样子能上车吗?不会弄脏了你的驾座吧?"海明一甩头,示意她上车。

海明加大油门,将车停到了"大东海"的门口,递给她一套衣服,"去吧,先洗个澡,然后去吃饭,好吗?"还没等田青回过神来,海明已经拉她下了车。

田青知道,这是本市最好的洗浴中心,就算一次最普通的洗浴也得上百元,就不用说再加上什么按摩呀、香薰的了。

进了大厅,海明给她叫了一个金牌服务生,很温柔很漂亮的小妞，全程陪同。然后，他自己去男宾部了。

田青出来的时候，海明已经在候客厅等着了。

蓝色情调，很优雅的一个用餐套间。海明叫了红酒，倒满田青的杯子。

"干吗对我那么好？一来，你不会贿赂我，降低你的装修费，因为你用不着；二来，我也并不漂亮，据我所知，虽然你目前还没有女朋友，但我这样的不够你入选的资格。所以，对于你的做法，本人很是疑惑。"

"对，你分析得很有道理，可是，我偏偏喜欢上了你，怎么办？"海明眼里满满的深情，仿佛是蔚蓝色的大海，无边无际，讳莫如深。

田青刚喝了一口的红酒，咽也不是吐也不是，只是瞪圆了眼睛，看着这个儒雅的男人。

你的悲伤我看得见

海明的喜欢和田青的装修速度一起成长着，当田青交工的时候，海明就可以使劲地拥抱田青了。只是，海明一直还没有碰那片他欣赏已久的唇。

海明以最快的速度购置了家具，这时的家，真的像个家了。他想，田青会以女主人的身份迎接他母亲的到来。

田青窝在沙发里，很累的样子。海明坐到她旁边说："不要做了，我养得起你。"

田青没有动。海明抓起了她的手，细长的手，手掌心却有一层和年龄极不相称的肌肤。海明把它攥在手里，心疼疼的。他轻轻地抚摸着田青的脸，温柔缓慢。他把唇轻轻地放到那片湿润的唇上。他感觉到怀里小小的身子颤了一下，海明的心翻腾起来，他紧紧地抱住了这个女人，他没想到，他真的可以拥有这个可人。

就在海明要继续的时候，他看见了田青爬满泪水的脸。

海明停住了，退回沙发上。

海明点了一支烟，说："对不起。"

田青低着头："谢谢你对我的好，但是，我不能欺骗你，我的根在老家。我知道，你给我的是爱情，我也相信，你是真心的。"

一盘棋语

海明对着棋盘，一阵猛杀，打炮灭卒，一路直奔大将。

海明知道，他最终是得不到田青的了。他也知道，是他欠她的，可是她却不给他偿还的机会。

十六岁那年，学校里有一个保送市重点高中的名额，只要去了市重点，就相当于一只脚迈进了大学的门槛，脱离小村的梦想就多了几分保障。田青是海明最大的竞争者。

在去市里考试的前夕，海明趁田青不注意，在她文具盒的盒盖里，写满了数学公式。

考试快结束的时候，他提前交卷，对老师说，她作弊了。

他知道，这样的后果是，无论她分数多高，学校也不会录取的，因为学校对保送生品质要求很高。

其实，开始的时候，海明想，如果他的分数在她之上，他就保持沉默；如果分数在她之下，他再去揭发她。

可是，他没有把握，他怕他错过这个机会。结果，他低她两分。

后来，海明顺利被保送上了高中，考了大学。而田青，没有人知道去了什么地方——她退学了。原来，她和父亲讲好，只要保送就继续上学，如果不能，就退学。父亲实在是承担不起她和两个妹妹一个弟弟的学费了！

海明的心一直潮湿着，他想找机会去换回自己内心的平静。当他知道田青在做装修的时候，就决定把工程交给她。

而田青，自从知道自己没有被保送的原因后，就一直寻找着海明，她想报复，她知道，只有海明知道那些数学公式会击中要害。

然而，时间的无情和现实的岁月总是可以发生激烈的冲撞。海明没想到在装修的过程中，自己会爱上田青；而田青也没有想到，海明的良苦用心会打动她。

但是，田青拒绝了。因为和她一起打拼、成立公司的，是一直暗恋她的顾晓雷；把弟弟妹妹送进大学的也是顾晓雷，她没有理由辜负他。

田青走了，留下一张纸条："天使带回了遗落的爱情，我知道，你的好，谢谢！"

还有，海明给她的十万元现金，静静地躺在阳光里，无声无息。

海明没有想到会是这样的结局，要是没有当年的卑鄙，那自己的内心一定是清清爽爽的，也许，他可以和她比翼双飞。

但现在，在爱情的棋盘上，他可以做过河的卒子，也可以做守城的士兵，义无反顾，勇往直前，却终也做不成胜利或是失败的将军——他被淘汰出局了。

一盘棋的胜利，容不得任何的猥琐，像爱情，更像人生。

一江春水向东流

1

"我爱他,这一点,我否定了一万次,我又肯定了一万零一次。"夏童这样一次次地在心里波涛起伏着。

第一次爱上他,是在十七岁那年。

那年,是青葱的年纪,校园的榆树高大、茂密。小镇上本没有什么品种高贵的树,像榆树、槐树这样的,倒是真的很多。

校园里的两行榆树,似乎很多年了,一到春天,就泼剌剌地开了花,结了榆钱,长了叶,树下自然是一片清凉。

放学回家的路上,多是槐树,开满了白白的槐花,香气不管不顾地钻进鼻孔,不多日,就一地落花。

当时,并不觉得那有多美。直到许多年以后,校园变了样子,榆树不知道去哪里了,回家路上的槐树,也不知为什么少了许多的花,不仅如此,那白色,也似乎多了一点灰暗,不那么洁白了。

期中考试,夏童一道道地验算着,她不想放过任何一个得分点。她是那种表面淡然、内心好胜的女孩,她不允许自己有丁点的闪失。

话说回来,其实,她一直很自卑,因为自己的不漂亮,因为自己的胖腿粗胳膊,因为自己极为普通的家境。因此,她必须努力学习，用自己响当当的成绩，来挽回自己一点小小的骄傲，让同学们老师们知道自己的存在。也许，这是每一个女孩子都有的小心思吧。

可这次考试，却让夏童担心了。有道题她实在拿不准了，而这一道题，就是十二分。她紧缩眉头，冥思苦想着。

前桌的靳西康——那个红嘴唇、小眼睛、经常眯眯笑的男孩子，早早地交了试卷，在窗户前欢快地跳跃着。看样子，他应该是考得不错。

夏童心里不服气，这个平时马马虎虎的人，这次怎么会做得那么快呢？

尽管心里一千个一万个不解，夏童还是得耐着性子验算。

"老师，我要拿书！"一个响亮亮的声音，是靳西康。

"不行！"老师严厉地拒绝。然后，就听见对方一阵柔软的声音，不得不让人心疼的那种。

到底，他进来了，蹲到课桌前找书，在回转身离开的一刹那，他对紧缩眉头的夏童，低低地说："那道题就得五，你做对了！"

然后，他若无其事地把一张小纸条丢到夏童面前。夏童真真是被吓了一跳，等她回过神来的时候，靳西康的人早就无影无踪了。

夏童紧紧地攥着那张小纸条，手心里顷刻就冒出了汗。她纳闷——他怎么知道她是在这道题上纠结呢？

交了卷，夏童出门找靳西康，他正在榆树下和一群男生谈论着什么，手舞足蹈的。她想去叫他，可是，那么多人呢？

夏童不说话了,等到考试结束回教室的时候,她捅一下靳西康的后背:"你怎么知道我那道题拿不准?"

"咱是谁呀,你前桌呀!"靳西康意味深长地看了夏童一眼。

夏童的脸突然红了,低下头不语。

2

是的,夏童喜欢靳西康,可是,这只是她心底的秘密。

靳西康的成绩并不出色,但却聪明、帅气,也极为调皮——和每一个同学都嬉笑打闹,即便如此,也是人见人爱。

他唯独不喜欢夏童。他从来不和夏童多说一句话,好不容易说几句,也是老师交代的任务,不得已而为之。

夏童心里郁闷,怪自己不够出色。

所以,当期中考试,这个可恶的靳西康帮她作弊的时候,夏童的心,像春天的花,怦然开放,伴一阵柔风,点点滴滴到江水,浮光跃金般的,如此妖娆、明媚。

夏童抱了课本,推着自行车走在槐花树下。她在等那个她喜欢的人,那个为她作一次弊,就打开她心灵宝藏的人。

夏童不再急匆匆地赶路了,即使还有两个月就高考了,日子却忽然这般美好起来。她抬头看天,蓝蓝的,安静的,偶尔一丝白云,像自己拉长的心事。

来了,那个靳西康来了!

夏童停住,看他骑着自行车飞速而来,她怔怔地看着他。他是知道的,"吱"的一个急刹车,看她,小小的眼睛里,一汪碧透的水,看着夏童并不娇嫩的脸,充满着浓情蜜意。

是啊,这个年纪的脸,应该是水灵灵的,夏童却是一脸的疙瘩。她终于不好意思了:"谢谢你的纸条哦,那道题我对了!"

"我知道,没有我你一样对,好好考,你行的!"靳西康的浓情蜜意忽然消失,恢复了平时的利落,说完就溜了。

事实果然如此。九月,夏童如愿来到了南京那所大学,她觉得自己终于有资格说——"靳西康,我终于有资格做你的女朋友了!"

靳西康在北京上学的时候,就开始做生意了,他不喜欢被束缚,所以,大学里自由的氛围,更适合他的飞翔。

到底是聪明的男子,学业、事业两不误,两年,他已然是学校里的"高富帅"。其实,他没有多帅,但是,他拥有的精气神,拥有的一呼百应的本领,足以让他魅力十足。

靳西康是什么时候向夏童表白的,似乎没有可供参考的依据。两个人,很自然地就熟悉了起来,亲密了起来,像多年没有见过的老友,更像从未分开的老夫老妻。

两个人,没有甜言蜜语,没有花前月下,只是,谁也不曾失去谁的消息;只是,每个清晨,都会在手机短信里叫醒彼此;只是,每个夜晚,都会在手机里互道晚安。

他们恋爱了,有点像四五十年代的爱情,温吞吞的,少言寡语,不过,多了现代的媒介而已。

3

拎着箱子,一路北上,夏童要给靳西康一个惊喜。

这么长时间以来,她不仅努力学习,充实着自己,也时刻注意自己的形象,用自己做家教的钱,给自己添置新衣,购买化妆品。她觉得,一个女孩子,趁着年轻,是真的要充实一下自己的。

当她来到北京南站,站在偌大的大厅里,她似乎感觉到了靳西康的心跳,南站,一下子分外亲切起来。走上扶梯,她看玻璃外的天,淡淡的蓝,像她嘴角浅浅的笑。

她的小心脏扑通通地狂跳着,像几年前,考试场上拿到小纸条的样子。此刻,她似乎是抓到了靳西康的手臂,温暖,而踏实。

她给靳西康发短信:"我到北京南站了。"

拿着手机,看着屏幕,美美地笑,她知道,很快就有回复的短信。

五分钟,十分钟,一个小时……两个小时过去了,竟然还没有他的消息?

夏童终于坐立不安了,没发出去?是他忙?还是……

手机显示已经发送成功。而每次再怎么忙,他也回一个短短的:"忙,安。"

今天怎么了?

正胡思乱想着,短信来了,夏童倏地一下子从大厅的椅子上站起来,看着那一行蓝色的字:"凯宾520房间已定,你去吧。我忙,不接你了。"

夏童有点失望,本想给他一个惊喜的。谁想到,是这样的结果?

一个人打车来到酒店,把自己狠狠地扔到床上,一路的劳累忽然变得恍惚起来。

怎么会这样呢?

她不过是想来看看他罢了呀,况且,她会很安静的呀。

也许,真的是他很忙吧。那就先收拾好了。

她一跃而起,拖过行李箱,拿出那件跑了若干个商场才买到的衬衣。那衬衣,是格子的,那是她想了一千次,一万次的样子,她知道,他穿上会很帅。

当然,她不会告诉他,这是她牙缝里攒下的几个月的生活费。

其实,靳西康也会给她钱,但她从不会要,她会发个笑脸给他,说:"亲爱的,我不需要呢!你好好保重自己哦!"

夏童的日子过得单纯而节俭——上课,写作业,发短信,偶尔,会参加一下学校的一些活动,而在活动中,她始终是那个最安静的人。

一个月多少条短信,夏童已经记不清楚了。反正,不管靳西康的短信到不到,她的短信总是如约而至。

她发的短信,有时候很烟火,有时候,很文艺。记得最动情的一次,她写道:"因为你,相信喜欢,相信地久天长;因为你,相信缘分,相信命中注定;因为你,相信坚强,相信心诚则灵。"

这是她的心里话。她一个人,远远地爱着这个男子,这个男子,只是偶尔的短信;偶尔的电话;偶尔地说,想你。

而这,足够了。每一个电话,每一条短信,都让夏童说不出的欢喜,像一朵春天的花,饱满而安静地绽放着。

终于按捺不住思念的侵蚀,于是,她来了。

4

看到靳西康的时候,已是第二天的午后。靳西康打电话约她出来,却不肯上楼去叫一下她。

夏童想着,见到靳西康的时候,第一句会怎么说,或者,会不会拥抱,亲吻。

想到这里的时候,夏童的脸突然红了,周身燥热了起来——她害羞了,自己怎么会这么想呢?她可是个矜持的女孩啊!

夏童下楼的时候,靳西康正在大厅里张望着。见她来了,微微一笑:"太忙了哈,来晚了!"

"哦,没关系。"夏童也微微一笑。

两个人一前一后,来到隔壁的餐厅,餐厅的名字很好听,夏童一下子就喜欢上了:很久以前。

完全没有夏童的想象,两个人也没有久别重逢的激动与兴奋,倒真是像两个在一起生活了很久的人,一起吃个饭罢了。

夏童的心,一点点的平静下来。两个人寒暄了几句,就慢慢安静了下来。

夏童慢慢抬眼,看这个珍爱着的男子,正狼吞虎咽着。

嗯,是这样的,他吃饭一直是这个样子呢。夏童心里忽然感觉到一丝安慰,他真的还是那个他,虽然已经很长时间没有一起吃饭了。

可是,那槐树下的眼神,怎么找不到了呢?

夏童呆呆的。

"吃啊!"靳西康招呼着夏童,夏童赶紧低了头。

"西康……"夏童放下筷子,轻轻地叫了一声。所谓,那一声,千娇百媚,万古柔肠。

"嗯,什么事?"靳西康抬头看她,一脸的茫然。

夏童看着他,心再次狂跳起来,她想说:"西康,我一直想你,你怎么才来啊!"

"没事,你是不是很忙?"夏童很俗气地问了一句。

"还可以。你呢?"

夏童看着他若无其事的样子,还想说:"西康,你抱抱我,好吗?"

"没事，和学姐整理课题呢！"夏童还是什么都没说。

"哦。"靳西康没发表什么意见，也没说离开。

"西康，毕业后，能不能一起在北京就业？"夏童真的想这么问。

"你怎么没告诉我一声，就突然来了呢？"靳西康终于问了。

终于问这个问题，夏童一肚子的话想说。

"不是突然，是想了好长时间了，想你……"夏童说完的时候，脸整个滚烫起来，深深地埋下了头。

其实，两个人在电话、短信里也有点点滴滴的浓情蜜意，说出来，夏童反倒觉得有几分春天樱花的味道，不管不顾地，疯狂地开，有点不知廉耻了。

靳西康又"哦"了声，说："其实，我特别喜欢你安静的样子。"

这是见面以来，靳西康说过的最动情的话。

"那时候，"靳西康继续说，"总觉得自己聪明，蹦蹦跶跶的，常让老师操心。老师说，我要是有你的一半认真就好了。于是，常常看你，久了，觉得你的安静，竟如此动人。后来，我玩命学，倒也好，算是上了大学。大学里，你就好像我的镇静剂，让我淡定，让我踏实……"

"靳西康，我先回了啊！"一声脆脆的招呼，打断了靳西康的话，两个人同时扭头，只见一个身着墨绿裙子、麻布上衣、披着长发的高个女子，从后面走来，出门的时候，冲他们挥一挥手。

"我女朋友……"靳西康说。

5

夏童是怎么回来的,她不知道。

在北京的日子里,她重新梳理着自己和靳西康这五年的点点滴滴,却未曾找到他说爱她的只字片语。他从来没爱过她,他爱的,也许只是一份安静,而她,却恰好拥有。

所有的一切,都是自己和自己的故事啊,是自己贪恋爱的美色,才喜欢上靳西康的吧。

而他,即使爱上了别人,也从不放弃给她的消息,他喜欢的,不过是自己拥有的或者还没有拥有的青春萌动吧。

夏童回到家乡,来到镇上的运河边,两岸的槐花喜滋滋地露出了笑脸,个个乳白、娇嫩,散发着淡淡的香。微风拂过,有点点落花,漂在水面,素然欢喜着。那一河春水,温暖、清澈地载着它们,慢悠悠地淌着。

夏童仰起脸,轻轻眯了眼。

"我知道,没有我你一样对,好好考,你行的!"她似乎听见了那时候靳西康对她说过的话。是的,没有他,一样的。

可是,她还是爱他,就像爱自己的青春。

她笑着,两行清泪,和着槐花,滑落。

第四章 / 别无居处

死者,可以生;
生者,可以死,唯有情。
情不知所起,一往而情深,
刹那,惊心,欢喜,
却怎是,凄凉春浇透,
无所从,无所去。

我以我的方式爱着你

1

2008年11月22日清晨,艾雅从被窝里出来,懒懒地拥着时磊,突然说:"这个日子多好,适合举行婚礼呢,连数字都是成双配对的。"

时磊一听,笑了:"怎么了,还想结次婚呢!"

"谁想,突然感觉这是好日子!"艾雅低声嘟囔了句,推了一下时磊,爬下床,走向厨房,开始准备早餐。

结婚两年,艾雅每天都雷打不动地准备好可口的早餐,而时磊也已习惯了,从床上爬起来就直奔餐厅的环节。

走出家门,艾雅看了看远方,太阳很好,深秋的太阳总有一种说不清的透彻。艾雅没有走向单位,开始向相反的方向走去。

她又去看那家花店了。她喜欢花,爱花,可是她却养不活那些可爱的花儿,于是,她便因为心中的喜爱,不轻易地碰它们了。

闲暇时,她会来到这里,看看花,与每一朵花对视,然后,买一枝,插在漂亮的笔筒里。康乃馨,百合,星星草……更多的时候,是一枝玫瑰,看它从娇艳到干枯,却从不褪色,像极了爱情,灿然地开放,寂寞地欢喜,平淡地结束。

艾雅冲店里那张清纯的脸笑了笑,摆摆手,走了。那清纯的脸,是熟识她的,做个鬼脸,接着忙她自己的事情去了。艾雅转身走进了花店旁边的律师楼,她想去看看她的老同学劲松。

劲松做律师仅几年,却已是名满小城了。

2

11月25日,晚九点。小城飘起了雪,纷纷扬扬,竟然很大。

艾雅缩在被窝里一动不动,双眼盯着天花板,雪白的屋顶,仿佛和雪融为一体,笼了整个人。乳白的羊皮灯,反射着乳液一样的光,柔和地洒满每个角落。

时磊风风火火地从外面进来:"呵,好冷,今年愣是下雪了呢!"

沉寂,没有人回应。

"艾雅,在吗?干吗呢?"

沉寂,依然是沉寂。

时磊换了鞋子,走进卧室,看到被窝里的艾雅:

"艾雅,还没睡呢?怎么不说话?"

没有任何回声。

时磊走过去一看,艾雅已是泪痕满面,但双眼里还依旧蓄满了晶莹的液体,几欲滑下。

"怎么了你?"时磊紧张地扳着艾雅的肩头问。

"啊……"艾雅大呼一声，挣脱时磊的手，扑到床上号啕大哭。她抓过被子，堵住自己的嘴，喉咙里大声嘶叫着，撕心裂肺，似悲如怒，仿佛从遥远的地方，穿越千山万水，直抵人的骨髓。

　　时磊怔怔的，从认识到现在，十年了，十年从未见过如此激动的艾雅，他见到的，一直是那个温婉可人、遇事极淑的艾雅啊！

　　就在时磊发怔的那一刻，艾雅忽然扔了被子，舞动着睡衣，大声唱道："看风过处，落红阵阵，牡丹谢。芍药怕，海棠惊。杨柳带愁桃花含恨，这花朵儿与人一般受欺凌……"

　　艾雅喜欢林黛玉，她常说，林黛玉，不单是因为吃醋和伤心而流泪，煎熬的是那个退让的过程。在爱情上，除了爱，她什么也不想要，这是怎样无私的一种爱呀，谁还能说黛玉小气呢？

　　可此刻，艾雅怎么会如此悲怆地唱起了《葬花吟》呢？平日动听的声音，此刻在这飘雪的夜，令人异常惊悚。

　　时磊上前抱住艾雅，紧锁眉头："艾雅，你怎么了呀？你到底怎么了啊？"

　　艾雅使劲挣脱，那是时磊从来没有体会过的一种力量。他不敢相信，柔柔弱弱的她，怎么会有如此力量。艾雅唱着，哭着，笑着……

　　任时磊怎么安慰艾雅，她总是不肯安静下来。

　　当大雪飘飘扬扬地覆盖了整个小城，艾雅蜷在墙角，昏然睡去。

3

艾雅疯了,没有任何征兆,一场大雪之后,就疯了。人们都可惜:这样一个贤惠的女子,上帝怎么会这样款待她呢?

疯了的艾雅,从不伤及任何人,自顾自地笑着,自顾自地哭着,自顾自地撕扯着身上的衣服。还会在某个清晨或是某个午后,找一块泥巴,对着镜子,给自己上妆;饿了的时候,拔一把路边的草,羊儿一样地咀嚼着,咽下去,很痛苦的样子,可是谁也不能从她手中夺过那把草……

看见她的人,都会轻叹口气。领她回家,她就乖乖地跟着回去,一路上支支吾吾地,说着一些含糊的话:静儿,阁楼高了,玫瑰开了,雪花飘了……人们听了,猜测着,是不是那天雪大,艾雅受了风呀,可终归只是猜测,只是猜测而已。

家里的人开始不停地东奔西走,想要给艾雅寻找一个好的环境治疗,但是每到一个地方,时间不长,家人就带着艾雅失望而归。因为每到一个新的环境,艾雅的情绪就更激动,一刻也不得安宁。只有在家里,艾雅才会偶尔安静下来。

安静下来的艾雅,会拿着她的小相册,缩在墙角一动不动。她的小相册里有她喜欢的照片:妈妈的,时磊的,闺密的。安静下来的艾雅,会拿起时磊曾经写给她的信,轻声地读着:"你是一个大方可爱的女孩,你的人生坐标一定很美……"

　　一个月后,劲松找到了时磊,递给时磊一份委托书。那是艾雅委托劲松办理的一份离婚协议书,艾雅与时磊的离婚协议书,只需时磊签个字就可以了。

4

　　一个叫静怡的女孩出现了,她细心地哄着艾雅,如同照顾自己的孩子一样,照顾着艾雅。

　　说来也怪,艾雅在静怡的抚慰下变得异常平静。只是,艾雅开始喜欢睡觉,马路旁,花坛边,墙角根,大树下……任何可以躺下的地方,都可以成为她的床。

　　2009年1月,静怡和时磊终于走进了婚姻的殿堂。

　　当那个女孩披上圣洁的婚纱,在鲜花的簇拥下走向时磊那宽大胸怀的时候,艾雅咬着一绺头发,抱着那件陪了时磊十年的旧睡衣,蜷缩在自家的楼角,孩子般的哭泣着:"找妈妈,找妈妈……"

　　甜腻香艳的美酒,美丽妖娆的花瓣,喜气洋洋的宾客……没有人注意这个疯了的女人——这个疯了却从不招惹人的艾雅。

　　劲松悄悄退出了欢腾的人海,找到了墙角的艾雅。拉了艾雅的手,冰凉冰凉的。劲松心疼地看着艾雅:"你这是何苦呢?"

　　艾雅两只迷离的眼睛忽然专注起来,盯着劲松。劲松叹口气:

"走吧，送你回家，回那个生你的家……"

艾雅似乎听懂了似的，低着头，静静地跟着劲松，身后依旧是欢腾的人群，脚下，是芬芳的花瓣……

5

时磊的蜜月看上去很快活，和他的小妻子同进同出。

艾雅似乎渐渐从他们的视野中消失。偶尔，时磊会想起艾雅，去看看她，而艾雅见了时磊，怯怯的，满眼的不知所措，欲言又止的样子。

时磊唤她一声，走上前，想要抱抱可怜的艾雅，艾雅却如惊吓的小鹿一般，嗖地躲开了。在角落，远远地看着这个曾经是她全部的男人，曾经被她称为"贴身宝物"的人。

幸福的日子似乎总是太短，没有多久，那个乖巧的女孩，就弃时磊而去了。

那个女孩受不了时磊臭烘烘的袜子随便扔，受不了他歪在沙发就睡，受不了半夜的呼噜震天，受不了他还总是去看那个疯了的艾雅……

更重要的，受不了时磊那么多的"不"：不许她再去狂酒当歌，不许她K歌到午夜，不许她在小吃街头流连忘返……她忽然觉得原来的挂念、原来的浪漫，在婚姻里突然就消失殆尽了。

于是，静怡走了，她说，她深爱着时磊，可她不能接受这样的生活，不能因了这样的生活委屈自己。

时磊开始愈加地想念艾雅。那时，从来没有人讨厌他的臭袜子，因为他看到的永远是洁净的；春夏秋冬，他从不会因为歪在沙发上睡觉而感冒，天冷天热，自然有人添衣加被；或早或晚，他从不会冷一口热一口，因为无论何时回家都会有暖胃的粥等着他……

那么多的不注意，怎么在静怡离开的日子里，这般清晰地出现了呢？时磊开始频繁地去看艾雅了。

也许是因为时磊的有心，也许是因为时磊唤起了艾雅的记忆，她发作的次数渐渐少了起来，大多数的时候，她都是静静地坐在家里，笑眯眯的样子，很可人。似乎，她在开始寻找着从前……

6月，北方的小城燥热了起来。时磊不愿意早早地返回那个没有人气的家。下了班，和一帮哥们聚在一起喝酒消磨时间。

当他晃晃悠悠地回到家里，他愣了：原本乱糟糟的屋子一尘不染，那堆脏衣服已经洗干净在阳台的晾衣绳上飘舞着，厨房里飘来丝丝缕缕熟悉的红豆粥香……而艾雅正整理着他扔得乱七八糟的书。

听到有人进来，艾雅回头看他一眼，笑了，明天去找劲松吧，他会告诉你一切的。不等时磊说什么，艾雅放下手里的书，扭头离开了。

6

这次劲松给时磊的是一纸复婚协议。

原来,在艾雅疯了之前,时磊和静怡就已经同居了。2008年11月22日那天,是他们同居一周年,所以那天清晨,艾雅才那么看似无心却有心地说了那么几句,那是说给时磊听的。

可是,时磊和静怡做得很周密,所有认识他们的人都不知晓。只有艾雅,感觉到了时磊的异样。于是,她开始细心留意,当她得知时磊是如此喜欢那个女孩,却又不敢面对自己的时候,她开始挣扎。

到底她没有逃出自己心的围城,她决定疯掉,这样就不会有人知道时磊和静怡的事情,可以给他留足面子;同时,也成全了时磊、静怡的碧海蓝天。

疯掉之前,艾雅找到了同窗好友劲松,委托他来办理离婚协议,如果时磊有回心转意的一天,再请劲松来公证他们复婚。

时磊早已听得泪流满面。他哪里想得到,艾雅竟以这样一种残酷的方式对待自己,以疯掉的外壳,掩护自己受伤的心,造就着自己的坚韧,用她自己的全部保护着他的尊严。

也许,唯有这样的善良和宽容,爱情才能善终,即使很苦,却能爱到最后。

谁骗了我，谁爱着我？

1

蜀葵冷冰冰地说："妈，林木失踪了。"

这是蜀葵度蜜月回来的第一句话。妈妈听得傻了："怎么会呢？那么健壮的一个小伙子，怎么说失踪就失踪了呢？"

蜀葵的脸色苍白，嘴唇绷得紧紧的。

"你别愣着呀，赶紧报警，报警呀！"妈妈开始在屋子里团团转起来。

"好了，不要吵了，要想报警早就报了，也不至于我一个人从云南回来。"

"那该怎么办呀？"蜀葵妈妈的眼泪唰地流了下来。

"离婚！"这不是蜀葵说的，是她妈妈，"趁着自己年轻，赶快再找个可心的。"

"行了，我的事不用你们操心。我已经怀了他的孩子，我要让他姓林！"蜀葵扔给妈妈一句冷冰冰的话，扭身走开了。

蜀葵上班第一天，就遇到了他。那是在电梯里，当然，那是因为她知道，他上班的时间一向很准。

林木在看到她的一刹那，惊讶得说不出一句话来。倒是蜀葵，冲着他说:"没想到吧,我们在一起上班了。"

林木很快了解到,蜀葵是单位里刚招来的计算机人员。那天下班,林木约了她,这也在情理之中。低他两届的蜀葵,一直是林木追求的对象。

因了在一个单位,共事的机会多了起来。林木频频约她,他看蜀葵的眼神一直清纯而又痴情。可是,这种美好,在那晚全部粉碎了。

2

那天下班,好友王民请蜀葵带给林木一篮家乡特产——金丝小枣。蜀葵晚饭后没什么事,就打电话给林木,没想到手机关机。蜀葵担心有什么事,就去了他家。

很奇怪,林木的房门没有锁,蜀葵笑了,说:"林马大哈,怎么不关门啊……"话音还没落,蜀葵就僵住了:

茶几上一片狼藉,有吃剩的菜和喝过的酒瓶。宽大的双人床上,躺着一个女子,林木正俯了身子,轻吻着。

蜀葵的泪顿时就掉了下来,她叫也不是,不叫也不是。然后,她丢掉小枣,跑掉了。

尽管后来,林木给她解释,她也回忆,当初看到的,他们的衣服都很整齐的。想原谅,但终究还是不能释然。没几天,林木就调到其他部门了。蜀葵便再也不想原谅他了。

再次遇到林木的时候,蜀葵正在等公交车,披着细滑的长发,穿着合体的棉布裙子,纤细光洁的小腿在阳光里泛着美好的浅浅的麦黄色。

林木正挽了一个女子的手,那女子有一双狐狸般清澈的眼睛,敏锐而又小心翼翼地看着周围。

蜀葵感觉到有人盯着自己,扭头,是林木。分开快一年了,林木依然玉树临风。偶然见到,美好的往事一下子涌上了心头。两人目光对视,忽然有很多话想说。

这时候,那女子笑着拉他,踮起脚尖,要他吻的样子。蜀葵连忙将眼光移开,装作不认识的样子。林木应付着那个女子,而那女子,似乎就是床上那个。

然后,一辆银灰色宝马停在他们身边,女子拽着林木上了车。这时,蜀葵抬头看他,他正好回头看她。

3

"准是那个狐狸精把他勾引走了。"蜀葵妈妈愤愤地说。

蜀葵挺着大大的肚子,一声没吭。她不知道,以后该怎样向自己的孩子交代。别人家的孩子,都有爸爸陪护着,在娘胎里就能听到爸爸的声音,而他却什么都没有……

第四章 别无居处

蜀葵忽然想哭，可是，当初是自己倔强地要生下这个孩子的呀。蜀葵默默地吞下了要流出的泪水。

怀孕三个月的时候，蜀葵好不容易打听到林木住过的地方。她把电话打过去，房东很客气地说："哦，你找那个林什么吗？他已经走了，和一位姑娘走了，到哪里去就不知道了。"

当时，蜀葵的眼泪就掉了下来，她想大骂，什么浪子回头金不换，纯粹一个骗子！

放下电话，蜀葵感觉自己的心在不停地乱跳。她感觉到很闷，想出去透口气，可浑身上下一点力气也没有，只能软软地躺在椅子上。

她没想到，事情会发展成这个样子。她以为，林木再怎么无情无义，也不能放弃她不管，或者放弃肚子里的孩子呀！

蜀葵使劲咬着嘴唇，不要眼泪流下来，她想，如果一切可以重来，那将会是什么样子？躺在椅子上，蜀葵有点困了，迷迷糊糊的，她又想起了自己的婚礼，还有那个有点神秘的蜜月。

婚礼是在8月1日，那是个阳光灿烂的日子，但蜀葵心中却沉甸甸的。

没有婚纱，没有钻戒，没有鲜花和啤酒，拥有的只是一张红彤彤的结婚证书而已。

都说浪子回头金不换，蜀葵就是因为这，答应了林木的求婚。然后，他说，我们去云南度蜜月吧。

云南确实是一个美丽的人间天堂。林木带她从神秘大山里迷人的小径穿过,那种神秘,那种安静,那种原始,总是让蜀葵感到一种紧张。林木笑她是个胆小鬼。蜀葵说:"谁稀罕待在这种阴森的地方。"

林木笑了,说:"才不呢,那叫神秘!"

蜀葵撇撇嘴没有理他。林木想得很周到,大大的背包里,不仅有蜀葵喜欢吃的零食,什么防蚊水、创可贴、瑞士军刀……一应俱全。

蜀葵看着这个如此细心的林木,说下辈子还娶蜀葵做老婆、好好疼她的林木,有点发呆,感觉全是欺骗。

一天下来,蜀葵感觉像散了架。等蜀葵冲澡出来,林木已经倒好了一杯不凉不热的水。蜀葵拿过来,一饮而尽,然后把自己扔到了大大的床上。

林木深情地望着自己的娇妻,慢慢地吻过去。他们抚摸着,亲吻着……然后,蜀葵沉沉睡去。

太阳已经很高了,蜀葵才醒过来。她接连叫了几声林木,没有任何回声。她惊慌地四下看看,所有的东西都已经整理好了,似乎要出发的样子。

蜀葵疯了,她大叫着,向门外扑去。在打开门的一刹那,她看到了门上挂着的东西,林木买的机票,还有一封信。他要她自己回家。

这次，林木失踪了，没有留下他要去干什么的任何信息。

蜀葵的蜜月就这样匆匆结束了。

4

蜀葵的儿子很可爱，取名林生。她和妈妈在院子里带孩子玩的时候，一个伟岸的男子悄悄推开了门。

"林木？"蜀葵一愣，"哇"的一声哭着跑回了屋子。

蜀葵妈妈先是一愣，继而怒吼着："你个没良心的，回来干什么，和你那个狐狸精过去吧！"

林木恭敬地叫着："妈妈，请您原谅，我真的不是故意的。"

5

林木大学毕业以后，进入了公安系统，凭着过硬的专业本领，成功地成为一名卧底。

接受任务的第一仗，就是让那个狐狸精"爱"上林木，因为她是贩毒集团头目的女儿。于是，林木使尽招数赢得贩毒集团头目女儿的信任，在警察局做了一名敌人的假卧底。那天，蜀葵看到的一幕，是林木第一仗的开始。

后来，组织要求林木去云南继续实行计划时，林木向组织请求——和蜀葵结婚。林木是真心爱蜀葵，不想失去蜀葵。

至于林木为什么不和蜀葵举行任何仪式,是因为那样,会在贩毒集团头目女儿那里暴露身份。而一纸结婚证书,敌人不会知道什么,却足以证明林木的真心。

　　林木之所以没有把实情告诉蜀葵,是怕她担心,也怕她阻止和影响到上级领导交给的任务。

　　到云南后,林木根本没有心思度蜜月,每天去森林,是为了摸清地形。后来,为了保护蜀葵的安全,林木让她自己先回家,也让自己神秘消失了。

　　当林木只身一人和贩毒集团女儿会合的时候,整个战斗便打响了。

　　后来的事情,是蜀葵根本不知道的。虽然她费尽心思要找他,但林木是不会给她任何信息的,那种斗争环境,太危险!

　　林木和战友们,拼死端掉了贩毒集团的老窝。因为他们知道,如不排除干净,他们的亲人也一样会有危险的。当林木和他的领导,站在她们面前,庄重地行了一个军礼,蜀葵妈妈长长地舒了一口气,笑了……

　　其实,蜀葵也不知道,林木能不能回来。但在林木进门的那一刻,蜀葵感觉整个太阳都钻到她心里去了。

　　蜀葵拥抱着林木,流着泪,轻轻地说:"你没有欺骗我,你是真的爱我……"

我终于失去了你

1

"来，紫玫，介绍一下哦。"季雪招呼着。

紫玫正拿着一株风信子，听到招呼，扭头向这边看。

"柯总，这是我铁杆庄家，紫玫。"

"阿兰，是你？"紫玫一怔，有谁，知道她这么久远的名字？她握着风信子的手，轻轻用了一下力。垂下的眼睑，慢慢抬起来，微笑着。

她的笑凝固了，但仅仅是片刻而已，这凝固，便烟消云散，无人知，无人晓。

眼前这个成熟的男子，玉树临风。眼睛不大，但眼中满满溢着光，那光里，有不安，有意外，有惊喜，有忐忑……还有其他来不及读的情绪。

"柯总，您好！"紫玫微笑着，优雅地伸出了右手。

"阿兰……"男子低低地，却不容置疑地叫了一声。

"柯总，我是不是和您认识的阿兰有点像啊？缘分哦！"紫玫笑着轻轻挥动一下手中的风信子。那股香，一下子飘散开来，无遮无拦的。

旁边的季雪高兴了:"哈,真是缘分呢,看来,您这单子我不签都不行啊!"

那男子,自嘲地笑笑:"也许是呢,看来公司这个庆典不用你的花,都不行呢。"

2

紫玫喜欢花,一有时间,就到花店里挑上几枝花,放在家里的玻璃瓶里,或者种在盆里,盆是她喜欢的青花瓷。整理好了,看着它们,心里浅浅地欢喜着。

日子久了,紫玫就和卖花姑娘季雪成了好朋友。即使不是买花,紫玫也常常去花店,看花,聊天,偶尔还可以帮季雪看一下店。

季雪总是张罗着要给紫玫介绍男朋友,紫玫就总是笑:"不着急的,一个人也挺好的。"

季雪撇撇嘴,责怪她:"都三十好几的人了,你看,和你差不多的都当妈妈了,你呀,就是眼光太高了!"

紫玫不说话,就笑。她看玫瑰,娇艳艳的,真是好看。不时,总有年轻的男子,匆匆地来,认真地选,看他们那专注的样子,真是可爱。

此刻,他哪里是看花,想必心里满满的都是心爱的女子吧。

爱情多美好,看着拿花的男子,她替那个女孩欢喜着,柔柔地问上一句:"是不是写个小小的花笺更好啊?"

男子听了,异常兴奋:"好啊,好啊,麻烦姐姐写一个吧!"

紫玫拿来一摞花笺,让小伙子挑。挑选的时候,紫玫在另一张稿纸上已写了若干,征求他的意见。

今夕何夕,见此良人。

小伙子挑了这个,写在花笺上,直谢眼前这个静美的姐姐。

紫玫笑着:"没关系,去吧。"

季雪见了,感慨:"我要是有你这能耐,花店会更红火,你不在的时候,总是有人问来着,谁给写花笺啊?我都不知道说啥好哩,你呀,趁早来入股得了!"

季雪边整理着花边说。

紫玫不说什么,看花。她的良人,在那个冬天,莫名地消失了,没有人知道她爱他,也没有人知道,他爱她。两个人默默地相爱着。

可那天,他送她一朵花之后,没有任何征兆,就莫名消失了。

后来,她听说了关于他的很多消息,好的,坏的,但是,就是没有他亲自来的消息。

她知道,他不会消失,她等。

一寸相思千万绪,人间没个安排处。

什么时候能见我的良人?

3

　　紫玫听到的，最折磨她的消息是，传说他是个爱情浪子，和几个姑娘恋爱之后，到底是和那个开宝马的女孩进入了婚姻殿堂，到底是流了俗。

　　那天，是个大雾天，清晨的雾，像奶汁一般。紫玫疯了似的，在广场上一圈一圈地奔跑着。

　　紫玫是个不大讲究的素面朝天的低调女子，可那天之后，她便如同脱胎换骨了一般，她要清新，要华丽，更要灼灼远观。

　　也是从那时起，她把阿兰的名字，换成了紫玫。

　　毕业来到新的公司，没有人知道，她曾经有一个那么土的名字。

　　送走客户，她仰面靠在椅子上，想是回家呢还是在公司里凑合一晚。

　　手机响了，是短信："我在楼下，等你，好吗？车号96889。"

　　山崩海啸，热浪逐波，紫玫像要膨炸的气球。她握着手机，一动不动。

　　来了，终于来了，柯鑫，你终于来了。

　　时间真的是可以凝滞的。

　　相思似海深，旧事如天远。

　　短信又来了，柯鑫没有离开，他在等。

紫玫看着短信，往事一点点漫上心头，泪一点点涌来。

九年的等待啊，青春在这样的焦灼里一点点消逝。不知道自己要等什么，却又从不肯放弃。日子，就这样一点点在花店里拉开了相遇的序幕。

她等的，也许就是这一天，可这一天真的来了，她又不知所措，这些年的历练，怎么一下子就没了方向？

"换我心，为你心，始知相忆深。"

"还有小园桃李在，留花不发待君归。"

"青青子衿，悠悠我心。但为君故，沉吟至今……"

此起彼伏的短信啊，柯鑫，还是那个浪漫的人，可是，他永远不会再属于自己了。

紫玫伏在办公桌上，泪雨狂奔。

手机终于没电了。

紫玫来到窗前，看那个许久之后，才缓缓开走的越野车。

4

几天没有看到紫玫了，季雪觉得很奇怪。正想打电话招呼她的时候，她来了。

"哈，怎么了？跑到哪里去了？"

"没有，哪里也没去。"紫玫笑笑，自顾自地侍弄着她的花。

"哼，是不是和哪个男子约会去了？"季雪逗她。

"哪里呀，倒想是有呢！"

紫玫的一反常态，让季雪很兴奋："怎么，想通了，准备谈恋爱啊？"

"随缘吧。"紫玫的态度很暧昧，不支持，不反对。

"嗯，回头妹子给你张罗哦，这么好的人，可惜了……"

俩人正聊着，有人来买花。

是年轻的姑娘。她羞涩的样子，真是可爱。她要买给即将出远门的情郎。

紫玫看着她，水嫩嫩的模样，像一朵不胜娇羞的莲花，在爱情海里，灿灿地盛开着，如此圣洁。

姑娘拿着花束，没等紫玫说什么，姑娘就问是否有花笺，紫玫赶紧递过去，姑娘一丝不苟地写着：

"君当作磐石，妾当作蒲苇；蒲苇韧如丝，磐石无转移。"

紫玫惊了心地看着那娟秀的字，怎么这么像九年前的自己，认真，固执，一心一意。

正当她愣神的时候，季雪一声"柯总"，打断了她的思绪。她微微一动，佯装没有看见也没有听见，继续看她的花。

"哦，紫玫也在呢！"柯总冲她打招呼。

"嗯，是呢，这么巧！"紫玫微微笑着。

她看得见，那眼里的丝丝幽怨，委屈，不解，还有渴望。

"怎么不理我？"柯鑫"质问"她一句。

紫玫没有抬头，说："我接受不起你的施舍。"

"你……"柯鑫要说什么。

紫玫没有听，大声招呼季雪："给我包束看病人的花哦！"

季雪边接待着顾客，边答应着。

她是要看病人去了，这个病人，是自己。

5

紫玫把花插到茶几的玻璃瓶里，静静地看，繁花似锦，时光不会老，老的，是一颗等待的心。

关机总不是办法。每每紫玫关了手机，再开机之后，便是柯鑫满满的短信。

一条条地删，一行行的泪。

紫玫多想，扑到那个宽大的怀抱里，哭一通，咬几口。可是，她不能，她不允许自己这么疯狂。

删除最后一条短信的时候，紫玫终于回复：

"从别后，忆相逢，几回魂梦与君同。"

"阿兰，我这就去，你等我。"

"不要关机，我马上到。"

"不要离开,我要见你。"

"等我,阿兰……"

紫玫一条条地接收着,还没看完,门铃就响了。

顾不得什么了,柯鑫一把揽住娇小的阿兰,低吼一声:"阿兰啊,你害死我了!"

紫玫一动不动,任泪水浸湿柯鑫的格子衬衫。

"柯总,对不起,我不是故意的。"紫玫如此冷静。

柯鑫抓着她的双肩,"阿兰,不是我故意不理你,是这么多年,我找不到你,我承认,我结婚了,我成家了,可是,我一直想着你啊。"

紫玫笑,点点头,说:"知道。"

"我知道,我逃避了,可是,当时我没有能力娶你,我太穷了……"

紫玫笑,点点头,说:"知道。"

"后来,忙啊忙,想你也许恋爱了吧,我也就随俗结了婚,后来才知道,你还一个人。我那个难受啊……"

紫玫笑,点点头,说:"知道。"

"阿兰,我们继续好不好……"

紫玫笑,嘴角的泪,悄悄滑到脖颈,不语。

6

浮阳大道上的海棠花,似乎比往年都开得热烈。一朵朵,一簇簇,花枝乱颤着,仿佛在叽叽喳喳地说笑。

紫玫穿一双绣花鞋,小脚裤,印花蓝色小衫,轻快地走在海棠树下。她仰头看花,和它们打着招呼,也像一朵清丽的小花了。

那天,她把那朵珍藏了九年的干花,还给了柯鑫。

几天后,紫玫发一条短信给他:

"相思本是无凭语,莫向花笺费泪行。祝福你,你的人生因我的消失而精彩。"

然后,紫玫删除了柯鑫的号码。

她知道,她永远无法删除九年的青春时光,九年的守望相思。可是,花还会一年年地开,情还会一年年地蔓延。时光依稀里,日子总是要温吞吞地,过着,才好。

小城故事

1

小城真的太小了。我以为一辈子也不会再遇到她了，可是，那样一个暖暖的春夜，我还是遇到了她。

第一次见到袁甜的时候，是在罗玉的宿舍。

罗玉是我的同乡，国庆长假回家的时候，她的妈妈托我给她带了家乡的特产。给她送去的时候，我看到了袁甜。

她正低了头看书，黑黑的头发垂下来，遮住了半边的脸，露出的脸色有些许的苍白，看上去，有一点点的娇弱，却丝毫不能掩饰她甜美的样子。

罗玉介绍我认识她，她抬头，抿一下发梢，冲我笑笑。不知怎么的，我心里忽然一动，有种要保护这个娇小女孩的欲望，转而，又想笑自己了。我冲她摆摆手，见她手中正拿着一本摄影集看着。因为我也喜欢摄影，就和她聊了起来。

袁甜果然很甜，声音不大，细细碎碎地讲着话。下午的阳光很好，透过玻璃，映在床头的桌子上，她在阳光里，低着头，微笑着，像一幅油画。

罗玉说："有时间我们一起去郊外啊！"

我赶紧说好。不知道自己为什么那么着急,似乎一犹豫,就没有这样的机会一起郊游了。

罗玉瞥我一眼:"着什么急啊,这周是没戏了,下周啊。"

我笑了,看看袁甜,她也正笑,我们的目光偶尔相撞,她倏地低下了头。

我的心,一下子兴奋起来,像一群鸽子,呼啦啦地飞上了蓝天。

我是如此盼望下周的来临。

也许,爱情是个很玄妙的东西。这么长时间以来,从来没有谁让我有这种感觉,而此刻,袁甜的眼神、黑发,还有那稍显苍白的脸,甚至她的白衬衣黑裤子,瞬间都散发出一种气息,这气息,无遮无拦地击中了我,直抵灵魂。

2

我很惊讶自己会有这样的耐心,午餐前,我会拿着饭盆,准时出现在食堂门口。只为那个娇小的身影。

当然,我知道她会每天中午来食堂吃饭,完全归功于罗玉。

为了这短短的午餐时间,我会提前跑出来,找一个最佳的位置,好让袁甜一下子看到我。在这之前,我还会准备一点小零食,随时从口袋里拿出来,装成无心的样子。

因为袁甜看上去那么娇弱,怕是禁不住狂风暴雨式的追求吧,如此细水长流才是。

一周的时间,我只碰到过袁甜一次,自然,零食也没有送出去。她见到我,微微一笑,就和女伴走过去了。

不过五天而已,我却感觉过得如此漫长。这些天里,我精心设计着周末的出行。

终于,罗玉带着袁甜,还有若干酷哥帅姐骑着自行车来了。

和他们打招呼的时候,我狠狠地瞪了罗玉一眼。因为我答应她,等会儿晚餐,我请大家去吃烧烤呢。我再瞪罗玉一眼:"知道我买单,还叫这么多人,坑死我呀?"

罗玉不管不顾,冲我做个鬼脸,大呼小叫着就冲到了前面。

我和别人聊着天,眼睛的余光却从未离开过袁甜。袁甜很安静,笑眯眯地骑着自行车,我猜,她感到了我的目光。

晚春的田野,一片欣欣向荣。这个词是谁发明的?说得真是对,岂止是草木萌动,我的心,也是烂漫的。

袁甜穿着淡绿色的毛衫,白色的小脚裤,披着墨黑的长发,站在田野里,像是一株清新的小苗,纯净得让人只想捧在手里。

我拿着照相机,不停地照着。我在镜头里,看到自己的爱情,疯狂地生长着。

终于,袁甜发现了我的存在,冲我微笑,摆手。我走上前去,让她看镜头中的她。

回来后，我冲洗了照片，送给袁甜，连同我的表白书。

我用了很土气的方法向她表白。

忐忑中，我得到了我喜欢的答案。

自此，校园的角角落落留下了我们的卿卿我我。

3

毕业时候，几乎没有任何悬念，我们同时被家乡小城的不同单位录用了。

我们喜洋洋地去报到、上班。

一天，我去接袁甜回家。路上，她低低地叫了我一声："阿柳。"她一直这么叫我，从没有叫过我完整的名字：柳盛阳。

我答应着，感觉她有事要说的样子，忙问："咋了？"

"知道吗？王海洋来了。"

"哦，是吗？"我一惊，那是我同宿舍的死党。

"他考到了市建设局，昨天来报到了。"袁甜淡淡地说。

"哈，这小子，怎么不言不语地就来了呢？"我兴奋地说着。片刻，我忽然感觉到了不对，袁甜不仅不兴奋，甚至开始一言不发。

男人的敏感，还是有的。

我将车缓缓地停在路边，看袁甜。

她低着头，捏着手包的袋子，安静得让人可怕。

我紧紧地攥着方向盘,我不愿意想,真的会是那个样子吗?

两年里,我们一直很好啊。

袁甜终于说话了:"他昨天告诉我的时候,我也是吃了一惊的,没想到他能来。"

"说吧,你想怎么样?"

"阿柳,我不是故意的。他是为我来的……"

我对袁甜说了什么,又是怎么把她送回去的,在我的脑子里早已是一片空白。等我意识到我还存在的时候,据说,是两天以后了。

彼时,罗玉正和她男友坐在我床前,看我终于睁开眼睛,喜极而泣。

罗玉攥着我的手,说:"你真傻啊,既然她不爱你了,你干吗要这样折腾自己呢?"

我笑笑,很惨淡。我弄不清楚,自己怎么就稀里糊涂地做了这样一件不明不白的事情呢?我想要的地久天长,难道都是别人的?

4

爱情有时候真是说不明白,却总能让人感觉到它的疼。这种疼,无人知道,无人通晓,只能一个人,慢慢消化。偶尔想起从前,恨都是不曾有的了,所谓爱,也许是那时的一意孤行吧。

很长时间不再说爱情了。直到那个朴实的女子出现,直到焦急的父母花白了头发，我结婚了。确切地说，是因为这个朴实的女子对我体贴入微，和她在一起像亲情，踏实。

也许，爱情是有时间限制的，而亲情，才更牢固，更长久，更妥帖吧。

春天的夜，很暖。

加班回家，决定步行。小城路边有卖炸糕的老爷爷忙活着。

我买了几个，带给那个朴实的女子。她是个爱吃甜的姑娘。一串糖葫芦，一块蛋糕，或者几粒大白兔奶糖，她就喜笑颜开，看她痴痴的样子，会让我感到心疼。

想着，走着，我享受着凡俗日子的安宁美好。

路边一个女子正站在树下呕吐着，看样子，是喝多了。旁边，没有人。

我走上前去，问：“需要帮忙吗？”

低头看她，刹那，我呆住了，“怎么会是你，袁甜？”那个柔弱的袁甜，什么时候开始喝酒了呢？

袁甜抬头，也愣住了。看样子，从不会喝酒的袁甜并没有真醉，也许，只是不适应吧。

袁甜有点摇晃，曾经苍白的脸，更白了。

她一把抓住我，说：“阿柳，怎么会是你？我好难受……”说着，又要吐。

我扶住她，递给她一瓶矿泉水，拍拍她的后背："休息一下，回家吧。你住哪里？我给你打车，送你回去。"

她看看我，忽然要哭，说："阿柳，要是嫁给你多好……"

看着她，我多想问：当初，她为什么离开我？她是什么时候和海洋开始的呢？她现在过得怎么样？……

可是，又有什么用？

世上的事就这么巧，很多的时候，是山高水长，却也不过是一段短短的路程而已。在时光里，有风吹啊吹，吹得薄了，吹得散了，人才会慢慢放下，才知道，有些爱情，只适合记忆。

比如，这小城，有聚，有散。

非常美,非常罪

林蓓年过三十,风姿绰约,事业有成,典型的"白骨精"。但更让人称道的却不是这些,而是她烧得一手好菜,把老公孩子公婆侍奉得舒舒服服、妥妥帖帖。不但如此,她还是和任何绯闻绝缘的,典型的现代版贤妻良母。真是不由得让人感叹,她怎么能做那么好呢?

这样一个女子,竟然婚变。离婚是她老公提出来的。消息一出,众人皆惊,她的公婆,也开始大骂儿子没了良心。一时间,她老公成了众矢之的。

尽管这样,林蓓不吵不闹,和老公平静地签了协议,协议上明明白白写着,除了儿子,林蓓什么都不要。

好友看不下去了,找到林蓓老公理论,质问他:"林蓓哪里不好,至于你做出这样的选择?"

她老公反而更痛苦,说:"是,她很好,我简直找不到她一丁点儿的不是。可是,就是因为她太完美了,我才要放弃的。

"每日,她就像一架高速旋转的机器,所有的事情她都要操心。每天早上她都早早起床,做好一家人的早餐,紧着叫每个人吃饭;晚上回来,又催着每个人换洗衣服。甚至,每个人该吃什么水果,该吃多少,她都一一弄好。她把每一个人,都当婴儿一样的来照顾。等家人休息了,她又开始为工作伏案至深夜。

"是,她是很辛苦,但她对自己要求太高,几乎是苛求,什么事情都要求做到十全十美。甚至你穿哪条内裤她都给你安排好了。生活在她这样的情境里,心情会愉快吗?

"我知道,做出这样的选择,她也很痛苦,我多希望她冲我发一顿火,给我一些担当啊!但是,她仍旧那么枯槁极苦地要求自己,她对自己的苛刻,让我很压抑,很自责。她以为,这样我们会幸福,其实,是她的完美,让我不知所措了。"

听了这些,很容易让人想起一句话:非常美,非常罪。因为过分的美丽,所以,过分的危险。世间有很多这样的女子,因为美丽,因为特立独行,人生路上反倒更多了几许坎坷。

林蓓太完美,因为完美,没有了吻合的空间,没有了他花自飘零水自流的余地,反而成了他的负累。

爱情啊,终究也是要红尘凡俗皆有趣的,浅浅地喜欢,深深地爱,不是一个人无休止付出,是要彼此悄悄融合,是要两个人一起,煮一碗青菜粥,慢慢地,过着现世安好的寻常日子。

人生清欢有几许?还是不要太苛求了吧,毕竟,太完美,也是一种伤害。

第五章 / 素心执手

到底走多远,才能走到爱的尽头?
一碗粥,一碟菜,
一个对视,一把相扶,
是素花对素心人啊,
落到烟火里的,才是啊,
自身有它脚踏实地的温暖。

玻璃翠的生命有多长

1

窗台上布满了绿,那绿,绿得透,绿得亮,绿得逼人心。

莫小妃站在窗前,轻轻撩起它柔柔软软下垂的枝条,毛茸茸的,很舒服。其实,这片绿,只有一条根,凡是看到它的人,都很惊讶:怎么会如此旺盛呢?

莫小妃就笑,因为喜欢,她就将所有的心血放到了它的身上。它也争气,一天天枝繁叶茂起来。

每次西哲回来,她都把他拽到窗边来看看,扯着他的胳膊说:"快看,我的翠翠又长了不少呢,还有小花要开呢!"

西哲说:"好,好好。"说着的时候,就奔向了浴室。他没有时间看她的翠翠。

莫小妃便叹口气,嘟囔着:"是不是我这女人俗气了,让你这样冷淡?"

可是,等西哲清爽地出来的时候,紧紧抱一下莫小妃,便直奔厨房——他要给她最美好的味道,弥补他不在的亏欠。分别的思念,便在这悠悠的馨香里散漫开来。

莫小妃最喜欢三样东西:音乐,华服和玻璃翠。

前两样不必多言，可是喜欢这玻璃翠就有点牵强——它不过是一株植物，而且太普通，普通得任何一个人都不屑关注它的存在。它的另一个名字确实很俗气，叫——死不了。

2

西哲的工作忽然有了很大的流动性，最近一年，他几乎没有一个星期是完整在家过的。所以，每次回来，两个人总是如蜜月般甜蜜。

可是，莫小妃还是有点失落，只能一个人静静地上班，静静地想他。然后，在合适的时间里，一个人背着包，去旅行。

那天，夜幕降临，古老而美丽的丽江浸染在朦朦胧胧的暧昧里。她住进了一家客栈。客栈的名字很美，叫"余韵茶香"。她已经是第三次住在这里了。

晚饭后，她来到茶厅喝茶，一个人，看路边轻轻飘摇的灯笼，出神。

"姐姐，怎么一个人呢？"一个轻盈的身体，忽地飘到了她的面前。她笑了笑，还没说什么，她就坐在了她的对面。

"我是大三的学生，课后在这里打工。看到您很多次了，有点喜欢您了，嘻嘻。现在，我已经下班了，想和您聊会儿天，好吗？"

莫小妃被她的活泼吸引了，笑着点了点头。

这小姑娘，白皙的面庞里渗透着一点点高原红，但这并不妨碍她的美丽。薄薄的红润的嘴唇很性感，有种想让人吻上去的冲动。

谈话是从茶开始的。莫小妃没有想到，这小姑娘，竟然如此精通茶道。而且，她对茶还有自己的一番见解，让莫小妃心里震了一下。

她说："喝茶的时候细胞会越来越小，所以喜欢喝茶的人都是彬彬有礼的。而且，茶叶是为友情存在的，如果没有朋友，喝茶就没办法获得分享的快乐了。所以，姐姐，一定要有朋友来分享你的好茶，那样，它的意义才会成立呢！"

一杯，又一杯，两个人在茶桌前聊得不亦乐乎。

小姑娘说："其实啊，这茶和人是一样的，慢慢品，总会有味道的，而且总会不同的。"说这个的时候，她眼里有一层淡淡的忧伤滑落，是和刚才截然不同的一种状态。

莫小妃觉得这是个有故事、有思想的女孩，在她身上，莫小妃似乎看出自己身上缺少的是什么东西了。

"姐姐，我该走了，他要来了，我得去接他了。"这时候，她的眼睛里又恢复了刚才的神采。然后，她伸出胳膊抱了抱莫小妃，又调皮地冲她做个鬼脸跑开了。

在她紧紧的拥抱下，莫小妃微微颤了一下，说不清是惊讶，是留恋，还是其他的什么。

临走的时候,她说:"姐姐,我叫宋静,你叫我大静好了。"

3

莫小妃回到家里,先给玻璃翠浇了一些水。打开窗户,阳光丝丝缕缕地射了进来。她忽然觉得有些晃眼。抬头,看对面的阳台,飘摇着花花绿绿的衣服,充斥着浓郁的烟火味。什么时候,自己才能有这么一身味道呢?

所以,当西哲回来的时候,她理直气壮地看着他,眼光里满是狐疑,看得西哲有点慌乱,他刮了一下她的小鼻子,说:"干吗这么看我?像要扒了我的衣服似的,着急了?"

莫小妃低头一笑,牵了他的手,走进卧室。

蜷缩在西哲的怀里,莫小妃喃喃地说:"我们要个孩子吧。"

西哲抚摸着她光滑的背脊,没有作声。

莫小妃给他看自己的博客,那是记录她音乐的地方。博客的内容,清一色的是音乐,还有关于音乐的文字。文字里,更多的是记录着西哲在与不在时候的情思。日志的所有背景,竟然都是清一色的玻璃翠。

西哲从来没有关心过她喜欢的音乐,如今看了,轻轻地叹了口气,使劲搂了一下莫小妃。

莫小妃抚摸着西哲稍稍隆起的小肚腩,慢悠悠地说:"这次出差很累吧，怎么没找个姑娘聊会儿天呢？"

西哲开始拧她的小鼻子，"怎么这样挖苦你的老公呢？"

"我俗气了呗！人家现在不都是流行这个吗？我呢，没了激情，没了风花雪月，哪能给你新鲜、宁静的美丽呢？能给你的，不过是那片俗气的死不了罢了！"

莫小妃把静字说得很重，似乎要强调什么似的。

4

莫小妃喜欢上了宋静。宋静也更加喜欢莫小妃这个如兰的女子，她把与自己相关的一切都向莫小妃倾诉。

宋静有一个相当帅气的男友，可是，她却突然爱不起来了。

这全部是因为另外一个男人，那个男人的成熟睿智，仿佛是一个强大的磁场，牢牢地吸引住了宋静。然而，那个男人在遥远的地方，根本没有办法给她一个安定的未来。

宋静却欲罢不能，她喜欢他带来的每一次惊喜。

她更喜欢，他在她的耳边喃喃地说爱。

每当她和这个男人在一起的时候，男友就会默默地看着她，但从不伤害她。他劝她，既然没有未来，何必要糟蹋自己呢？

宋静听了，就冲他吼，让他滚得远远的，她说，她就是喜欢。帅气的男友不再作声，默默地收拾着她发脾气时弄乱的一切。

说这些的时候，宋静在莫小妃的怀里哭得稀里哗啦，眼睛红肿成两只桃子。她说，自己的爱太不幸，不是自己的，终将得不到。自己几乎要失去活下去的勇气了。

莫小妃搂搂她，安慰着。然后，喝茶，静默。

莫小妃带一小盆玻璃翠给宋静，宋静惊讶地叫起来，这么普通的东西，怎么可以如此华丽？

莫小妃笑着告诉宋静："我们也可以活成这个样子，懂得生活，懂得努力，虽然俗气却有内涵。"

宋静给莫小妃看她积攒的车票，那都是被宋静编了号码的。是那个男人爱她的见证，每一张车票上，都有那个男人的名字。看着它们，宋静感觉自己幸福得要死。

莫小妃呆呆地看着窗外川流不息的人群，忽然觉得浑身冰凉，一种难以言尽的伤感在胸口涌动。她下意识地用双臂抱了抱自己。

5

一个星期后，西哲回来。

不知怎么的，他忽然注意到了玻璃翠，笑呵呵地说："长得不错嘛！"

"是啊，因为它代表着坚强，勇敢，执着，一心一意，不悔的爱……"莫小妃抚摸着玻璃翠，一字一顿地说着。

"哦……"西哲似乎有点慌乱,点点头,走开了。

晚上,莫小妃在西哲的怀里翻了个身,他的怀抱还是那么温暖。

只是,当她打开台灯,她的心还是乱颤了起来:她看见,西哲的臂膀下,有两道整齐的红润的齿痕,那齿痕,像两把锋利的刀,一下下砍着莫小妃脆弱的心。

她实在不愿意,将这两道齿痕和那个可人的宋静联系在一起。

她已经尽了最大的努力,忍让着,坚持着,希望西哲能够早早地回来。

这样想着,莫小妃悄悄地关了灯,躺在西哲的身后,胳膊搭在他的臂膀上,眼泪无声地流了一夜。

西哲又出差了,莫小妃没有阻拦他,还准备好了他要带的东西,送他走出家门。

回到屋里,她拿出手机。手机的相册里,有一张照片,是整整齐齐的十三张车票。每一张车票上面,都有西哲漂亮的签名。

她看着它们,仿佛看着一场梦。梦里好像有一只怪兽,张牙舞爪,狰狞地向她跑来,撕扯着她每一寸肌肤,冷漠、残酷,却又无人能救。

但是,她现在要让它变成天使,为自己带来新鲜的空气。

莫小妃终于按下了发送键。

6

莫小妃喜欢玻璃翠,是因为当初西哲的一句话:"我们的爱,就像它——死不了!"

莫小妃听了,异常欢喜:"玻璃翠的生命有多长,我们的爱情就有多长!"

于是,莫小妃一心一意地爱着它,养着它。

当她发现西哲有太多次出差,太多来自丽江的电话,太多来自丽江的短信,她便想寻一下答案了。

寻着寻着,就把玻璃翠送给那个叫宋静的女孩子了。她想让那个女孩子懂得,所有的普通,都可以经过心,化成永恒。只不过,那颗心,是要一心一意的!

莫小妃看着又长长的玻璃翠,异常平静。

手机彩信提示音响起,打开:"老婆,我爱你!"

背景是浓绿的玻璃翠!

莫小妃拍下窗台上的玻璃翠,写上她在心里说了无数遍的话:"西哲,等你回家!"

初恋不是爱情

1

"柳柳,早安。"

2012年11月21日清晨,冯莉在上班路上,发了一条短信给那个人。

天,雾蒙蒙的,有点灰,冯莉喜欢这样的天,能让心安静,而且有种与天籁合音的美。她把手机放到口袋里,抬头看看路边的树,枯干的枝条上,挂着一层淡淡的白。

好听的《因为爱情》,轻轻响起。在这样清寂的早晨,显得那样狂热。

可是,这声音,也只有她自己能听得见。她把音量调得那么小,是因为她怕在办公室的时候,手机会突然响起。那个地方,是不适合出现此起彼伏的各种手机铃声的。

冯莉笑了,她知道是杨柳,只有他的电话,他的短信,才会有《因为爱情》响起。

"早安,宝贝,在去青岛路上。"

冯莉一下子笑得更灿烂了。在刚刚手机铃声响起的一刹那,她就希望会有那两个字,会有那两个让她看了之后,可以安心一天、

第五章 素心执手

快乐一天的字——宝贝。

短短的十个字,冯莉看了一遍又一遍,仿佛看到了他细长的眼睛,黑黑的眉毛,红红的唇,正冲着自己笑呢!

他就是那样一个快乐的大男孩,虽然已是而立之年,却依旧像个孩子似的。

冯莉喜欢他这样"没心没肺"。

"我在上班路上。你是这个世界上唯一叫我'宝贝'的人,刻骨铭心。一辈子。"

纱一样的雾,笼罩着小城,显得有点暗。但她的心,灿烂地开放成牡丹。不是雍容华贵的牡丹,只是认真盛开的那种美,是落入凡间吸了人间烟火的真实的美。

冯莉不记得,除了父母会叫她"宝贝"之外,还有谁这样叫过她?

他?那个和自己同床共枕的李岩吗?怎么会呢?

李岩算是个好男人吧。事业做得风生水起,孩子老人的衣食住行安排得妥妥当当,也从不指望冯莉能挣多少钱,只要冯莉开心就好。

但是,除了他需要,他几乎从不会和冯莉缠绵。冯莉觉得,他可能是没时间,抑或是累了吧。

所以,冯莉也不在乎,只是一心一意地,上班,回家。

可是，有一天她觉得，她想要什么了。

就像此刻，她想收到一条回信，那回信，只要三个字就好。

"一辈子。"

片刻，她真的如愿收到了，她想要的那三个字。冯莉泪流满面。

初冬北方小城的早上，冷风，还是会毫不留情地乱钻，但这，却丝毫没有影响冯莉汹涌的眼泪。她感到眼泪的温度，那么暖。

啊，多美好的一天！

2

冯莉觉得自己想要什么的那一天，是7月的一天。

那天，冯莉接到同学聚会的通知。当时，心，就狠狠地跳了一下，她想到了那个他。

中学时候，他高大帅气聪明，一直是女生崇拜的对象。可他，却偏偏喜欢上了矮矮的冯莉。

冯莉很自卑，觉得自己那么丑，那么矮，怎么会配得上他呢？

虽然冯莉也喜欢他，但始终不敢面对，只把这美好的心事默默地放到心里，使劲地学习。

后来，冯莉去读大学，他去经商了。

阴差阳错，就这么过了许多年。冯莉嫁了人，他也娶了妻。

毕业十年再相聚，他会来吗？

第五章 素心执手

其实，冯莉想看见他，又怕看见他。毕竟，那是她人生中第一次喜欢上的一个人，也是她的人生中，第一个对她表白的男孩。他，叫杨柳。

冯莉一再地犹豫，倒是李岩看不下去了："去呗，有什么，吃顿饭，叙叙旧，挺好的。"

冯莉看他一眼，没说什么。

李岩并不知道冯莉内心的波澜壮阔，他只知道，冯莉喜欢安静，不喜欢人来人往的应酬。所以，尽管有时李岩的客户来了，要叫上冯莉，李岩也是能推的就给推了。

冯莉到底还是去了。

一进门，多年未见的同学，都分外激动，喊着，叫着，拥抱着。可是，她能感觉到，有一束目光，在那个地方远远地看着她。

透过欢闹的人群，她看到了，看到了那个高高大大的杨柳，正在角落里笑眯眯地看她，看她被同学们簇拥着。

冯莉的心，狂跳着，眼泪一下子来了。

同学们笑她，还是那个多愁善感的人儿。她抹着泪，也笑。

到底是不尽兴啊，欢聚过后的同学们又去歌厅了。此刻，冯莉的手机来了短信：

"在楼下车里等你。车牌：96B89。杨柳。"

冯莉慌了神，"唰"的一下把手机放到衣兜里。她知道，杨柳也是刚刚在登记同学信息的时候,才知道了她的手机号码。

她被同学们簇拥着,来到歌厅里坐下。等有同学唱起了歌,她趁人不注意,悄悄溜了出来。

这是一辆黑色的越野车,安静地停在那里。她只一抬眼,就从反光镜里,看到了那个正在吸烟的男子。

目光交汇。无语。

杨柳打开车门,冯莉坐上来,手里攥着围巾的一角,一言不发。杨柳发动车,车慢慢地开出去,直奔郊外。

"还好吗?"浑厚的男中音。

冯莉忽然想哭,点点头:"还好。"

"很紧张,是吗?"

冯莉还是点点头。

"没关系,我送你回去。"

冯莉还是点点头。

车里那么安静,只有彼此那咚咚的心跳,似乎在回忆过去的时光。

她知道,她想要什么了。

3

回到家的冯莉,直接跑到客厅沙发上,泪流不止。

第五章 素心执手

她不知道自己为什么会这样激动,这样紧张,甚至在下车的时候连再见都没说。

没有任何的肌肤之亲,但她感觉到了杨柳的温度,他那隐隐的香烟味,在周身弥漫。

其实,她是讨厌烟草的味道的。刚和李岩认识的时候,就非常较真地看他是否吸烟,当确认他不吸烟的时候,冯莉悬着的一颗心,才放到肚子里。

此刻,她使劲闻着自己身上那淡淡的味道,忽然感觉到从没有过的一种芳香。

"花未央,歌欢笑。回首丰华时,你,仍在丛中笑。"

手机短信,是杨柳的。

冯莉看着那行字,泪流得更欢了。

身体的每个细胞也更加活跃起来,她感到从未有过的温暖。一直,她是个爱冷的女子,每每夏去秋来,总是早早地把厚厚的衣服穿上。

他怎么会如此细心温情?默默地看她,轻轻地开门,静静地陪她,悄悄地念她……

李岩何时如此过?

那个男人,是和她一起过日子的男人,也是她人生中的第一个男人。刚结婚的时候,她说他不够浪漫。可李岩却说:"浪漫能当饭吃啊?"

时间长了,冯莉想,也许成了家的男人都这样吧。于是,她也就慢慢接受了。

偶然的一次,她看到李岩写给一个女孩的E-mail,那是多么情意绵绵的文字啊。她无论如何也想不到,李岩会有如此风情的文字!

他喜欢那个女孩,女孩也喜欢她。可是,李岩告诉那个女孩,他不可能离婚的,因为,冯莉是个很不错的妻子。他无法面对冯莉伤心的样子。

伤心欲绝的冯莉看到这里的时候,铁了心的要离婚。可是,自己能承担起所有的指指点点吗?

冯莉虽然一下子掉进了泪海里,但理智却没有被淹没。她意识到,李岩还没有完全放弃她,对她也不错,那就坚持看看吧。

然后,她什么也不说,自己和自己挣扎着,就这么不冷不热,看似平静地过着日子。

而杨柳的出现,让觉得自己已经死了的冯莉,一下子重新活了过来。原来,她想要的就是这样的温情。她回复:

"你依旧。"

两个人,开始重新面对那时的爱情。冯莉的天,晴朗得让自己心醉。

4

生活，重新美好起来。虽然，不曾天天见面，甚至是三四个月才能见上一次，而冯莉的心，总是洋溢着热情，那么年轻，那么妖娆。

李岩依旧忙，也依旧没有更多的话。冯莉不在乎了，她感觉日子总是有奔头的，不远的地方，有鲜美芳草等着她呢！

短信相连的日子，过得那么快。转眼，将近五个月没有看到杨柳了。冯莉的心，起起伏伏。

她很自觉，从不在夜晚给杨柳发短信，也从不轻易地打电话。

她知道他忙；她更知道，他身边也有个她，她并不想打破他宁静的生活；她还知道，他们彼此都不想看到，各自家庭支离破碎的情况发生。他们宁愿在彼此的思念里，厮守爱情。

冯莉终于按捺不住了，走出办公室，来到走廊尽头，打过电话去。

一遍，没接；两遍，没接……等终于接通的时候，她听到了一个沧桑的着急的声音：

"孩子病了，先挂吧，回头打给你。"

冯莉无力地听着电话里的嘟嘟声，泪又流了下来。她想要的温情，怎么又没有了呢？无欲无求，竟然也无法抵达未来。

下班，冯莉感觉一切都没有了生机。往日，她总是笑着去买那些——她喜爱的绿芹菜、红柿子、青萝卜……此刻，她只想逃。

　　"嗨，今天怎么走得这么晚啊？一起回吧！"是李岩，他开着车，在后面叫她。

　　冯莉抬头，看见那张熟悉得不能再熟悉的面庞。

　　"怎么这么早？"

　　"好长时间没包饺子了，想吃了，咱们回家包饺子吧？我买好菜了。"李岩拿起副座上的茴香，让她看。

　　冯莉抿嘴一笑，说："走，回家包饺子。"

　　冯莉看着夕阳，金色、红色，一大片，染透了半边天。多像她的心，沸腾过，但眨眼就会消失；又像她的初恋，来时如此璀璨，但绝不是爱情。爱情，是一辈子的相守，是香喷喷的饺子。

生命是棵开花的树

宁静的破碎

已经四个月没有去上班了,因为妊娠反应极其厉害,只能在家静养。

休假的日子真好,可以不去思考任何方案,更不必担心上班迟到,一觉睡到日晒三杆,才懒洋洋地睁开眼睛,那叫一个爽!

可是,这种惬意被那天午后的一个电话打乱了。

午后,我眯着眼睛,躺在阳光里。电话铃声响起,我拿过话筒,好友眉儿沉沉的声音传来:"知道吗?柳开病了,住院了!"

"怎么会呢?那么健壮的一个人!我不太相信。"

眉儿说,柳开骑摩托车去买菜,结果骑车的时候忽然昏厥了,人和摩托都摔出去好远,听到消息的时候,大家都以为是意外,可医生给出的结果却让人震惊:尿毒症!

"什么?尿毒症?"我呆住了!

柳开是绢子的丈夫,结婚仅仅三个月,绢子、我、眉儿从大学时就已是牢固的"铁三角"了。

"梨儿,说话呀……"眉儿在电话里大声叫着,我却在自己的惊讶里,怔怔地,无语!

我不相信，命运为什么会让善良的绢子接受这样的挑战？

当我在眉儿的大叫中回过神来，当即决定，马上去医院看柳开，看绢子，约定，谁也不许哭！可是，我会控制得住吗？

不知所以的看望

透过病房门的玻璃，看到柳开似乎睡着，绢子坐在床边的方凳上，胳膊肘支着床沿，托着腮，静默着，本来就纤瘦的她，显得更瘦了。

轻轻敲门，绢子回头，见我们，一笑。我却回头看眉儿，鼻子一酸，想哭。眉儿瞪我一眼，推门进去……

绢子看上去精神还不错。我走过去拥抱着她，想使劲，她轻拍了我一下："小心，肚子里的宝宝！"

"没事儿，这家伙天天踹我呢！"我抚摸着自己挺大的肚子。

绢子又笑了，继而嗔怪我们："你们还来这里干什么呀，没事儿，不用担心的！"

"看你说的，想你不行，想柳开还不行吗？"生性活泼的眉儿瞥了她一眼。绢子和我都笑了，然后凑到柳开床前，看柳开温和的脸，这张脸，曾带给我们多少灿烂的笑啊！也许被我们吵着了，柳开睁开眼睛，一喜："你们来了！"

我们轻声嬉笑着，说医生如何公布消息，绢子如何傻乎乎地问这到底是怎么回事,还有柳开父母那紧张的表情……

我们似乎在调侃别人,满不在乎,无拘无束,信马由缰……其实,我看到了在场的或是不在场的,都在极力掩饰着什么……

绢子和柳开催我们回去。

柳开冲我们摆摆手,示意绢子送我们出门。起身时,柳开叮嘱眉儿:"看好梨儿,别让她来了,宝宝禁不住她这么折腾的……"

眉儿点头答应着,从病房门口到走廊尽头,二十多米,很短,又很长,我们就此止步,凝视,无语。

我的眼泪终于忍不住唰地流下来:"这究竟怎么了,为什么会让他得这样的病?怎么了呀……"我攥着绢子的手,使劲问。

绢子没有作声,眼红红的,没有泪。

"你疯了,快走!"眉儿拉起我就走。

我回头,冲绢子招手。绢子轻轻摆手,转身,回病房……

希望 VS 绝望

绢子去北京了,陪柳开去换肾。

柳开的母亲决定摘自己的肾给儿子,她说,是她给儿子生命的,她得负责。但医生说她年纪大,怕她吃不消。

不擅言谈的老人家,以她的执拗说服了医生。几天之后,绢子回短信:

"医生的方案正在进行中,如果配型成功,马上就可以手术了!"

真好,生命终于可以续写!我为绢子祈祷,为柳开祈祷,为伟大的母亲祈祷……

预产期快要到了,此刻,生命的躁动在体内安静了许多,可能是小宝贝也知道:生,是要经历磨难的!

傍晚,我拨通了绢子的电话,她一个人在外面买东西。正好,不必担心柳开看到我们悲伤的表情。不等绢子说什么,我就泣不成声了。

"你别这样,我都没事儿,你怕什么?"绢子很镇定,我却愈加厉害。

"我……我,我说不出来……"哽咽,我喉咙很哽!

"好吧,我说你听着。自从来到这里,才知道有多少像柳开这样的苦命人。我觉得很幸运,柳开还有机会来换肾,这里有很多人根本就换不起肾,做着透析,眼睁睁等死,有的连透析都做不起了……

"刚来时的不平静都没了,感觉生命就像树,枝繁叶茂的,忽然一阵狂风,连根拔起,就那么突然没了!最可怜的是那才几岁的小孩子,还没长叶呢,就要没了,唉……

"邻床的一个大哥,病情比柳开还轻些,配型没成功,媳妇说出去一下,就再没回来。后来他在自己书包里发现一张纸条,他媳妇说回家准备后事去,然后再给孩子找个依靠。那大哥很伤心,但又没办法,说这是命。

"那天，柳开也说要和我离婚的，说我还年轻，不想拖累我，我没理他。他还真写了离婚协议书，我给撕了。他父母抱着我哭，我觉得，这是我的命，我不能丢了他们。我离开了，柳开一家就全完了，毕竟他们家就柳开这一个孩子……"

绢子说得很平静，听筒热热的，我说不出话。

绢子开始笑："行了，我说得差不多了，这些日子也没说过这么多。我得快回去，不然柳开担心了。你好好生宝宝，等我回去好好犒劳我……"

我抽泣着，使劲点头。

二十天后，绢子发回短信："配型没有成功！"

坚持中希望再次燃起

痛，生产的痛竟如此痛彻心扉。生命的花开，是要在暴风雨般的疼痛里绽放的。当哇哇的啼哭响起，我整个涣散开来。生命的诞生，神圣而刻骨！

看着小儿细致的脸庞，粉嘟嘟的惹人爱，我给还在北京的绢子打了电话："绢子，我们有儿子了！"

绢子高兴得一个劲儿说好，叮嘱我好好看着儿子，等她回来，她要亲个够。我说："好啦，汇报一下你的工作吧！"

绢子淡淡地说："一切还那样，坚持做透析，等待肾源。那天联系了一个，配型不成功；昨天又联系了一个，说是一个死刑犯临死前忽然忏悔了，愿意捐献。

"柳开知道了，笑着说，'换到我身上，万一我也进去怎么办？'我笑了，说那就让我陪你进去呗！柳开哭了，这是他生病以来第一次哭，他说，他对不起父母，对不起我，对不起朋友，对不起任何人……其实，他是个好人，我知道……"

绢子顿了一下，"不说了，你保重身体，我会和柳开一块儿好好回去的。"

儿子满月的时候，眉儿告诉我一个好消息："柳开配型成功了，不久就可以回来了！而且柳开单位里也自发组织了捐款，已经如数打到绢子的卡上去了！"

凯旋的亲情没有终点

柳开和绢子终于凯旋了！所有的人都来向他们祝贺。

轻轻微笑着的绢子，面庞红润的柳开，是送给每个人最好的礼物。

当一切安静了下来，绢子和眉儿来看儿子了。绢子将小家伙亲了又亲："这是我的儿子哩，将来，我老了，还得靠这小儿呢……"

我和眉儿相视无语。因为听医生说，柳开虽然换了肾，但生育的概率也不是很大。

绢子和小儿亲热得差不多时，她才注意到沉默的我俩。忽然，我们三个都静了下来，片刻，绢子哇哇大哭！我和眉儿默默流泪，任绢子哭……

"今儿个终于可以舒服点了，憋了这么长时间，父母前不能哭，柳开前不能哭，众人前不能哭，我要笑着面对每个人，我不能哭，可是，我真的想哭呀……"

"哭吧，我们现在准备好接受你的泪水了，所有的！"我认真地说。

绢子到底安静了下来，轻轻抽泣着。

"如今，你就是这个家的树了！"眉儿说。

"是啊，我得顶着这个家了，我要倒下了，两位老人咋办呢？柳开咋办呢？我打算了，就算柳开不行了，我也得给他父母养老送终，那么好的两个老人，何况人总得讲点良心的……"

"绢子，你就是坚强！"我搂着绢子。

"什么是坚强？就是无可奈何地面对！"绢子擦着眼角的泪，笑着说，"好啦，我这棵大树经历风雨的洗礼了，什么都不怕了，会更茁壮的……"

我和眉儿紧紧拥着绢子，默默祈福。

花儿一样绽放

早晨，太阳暖暖地照在我和儿子身上，这样的天气让人心里酥酥的。

电话铃声响起，是柳开激动的声音：

"梨儿，绢子怀孕了，刚知道，查了，一切正常！"

忽然感觉喜从天降，老天爷总算开了眼，给了绢子希望！

我连忙将此事转告眉儿。正准备结婚的眉儿大叫："那我就将孕妇装，奶瓶什么的一块置办了！"

我们打车来到绢子家。"知道你们会来的。"绢子一脸的幸福。

我们七嘴八舌地聊起来，我传授着我的经验，眉儿叮嘱着她的纸上理论，一切都开始美好起来……

现在，一年过去了，绢子有了一个可爱的女儿。

大着肚子的眉儿常懒洋洋地看着绢子的宝贝和我的小儿嬉戏，安详地微笑着。过去的一切偶尔会在心底反复，但一股从未有过的温暖在我的身体里蔓延。

我忽然想起冰心老人的一句话：爱在左，情在右，在生命的两旁，随时撒种，随时开花，将这一径长途点缀得花香弥漫，使得穿花拂叶的行人，踏着荆棘，不觉痛苦，有泪可挥，不觉悲凉！

而绢子，亦将生命这棵大树点染得绚烂芬芳！而这一切，都是因为锦绣年华里熠熠生辉的爱。

像爱他一样爱你

1

十月怀胎,是最惬意的事情,如公主般地被呵护着。

徐安躺在床上,懒洋洋地蜷缩在阳光里。老公林清出门的时候,她还在香甜的梦里呢。她知道,老公不忍心打扰她的美梦,只想她能好好地吃呀、喝呀,努力地养好肚里的小宝宝。

徐安能想象出来,老公出门时候,在她脸上轻轻地一吻,嘴角带着开心的微笑。想到这里,她有一点点的骄傲生出来。

徐安的妊娠反应很厉害,费尽千辛万苦,好不容易熬到现在没了反应。全家都变着花样地给她做好吃的。

她觉得自己真是幸运,有那么好的老公,还有那么好的婆婆。毕竟,那一日三餐,甚至是五餐,都是婆婆精心做出来的。要是自己不能把宝宝滋养好,她都觉得对不住他们呢!

想到这里,她忽然觉得,自己竟然是个那么伟大的准妈妈!

她还没来得及去厕所,婆婆就轻轻敲了敲门,低声说:"安啊,妈给你做好饭了,正热着呢!吃点吧!"徐安听了,赶紧答应着。

上班的时候,婆婆每天早上早早地把饭做好,等她起来吃。现在快生了,她在家里静养的这段时间,就从没按时起过床。而婆婆呢,也不打扰她,而是估计她会起来的时间,悄悄地做了饭,等她有起床的声音时,才会悄声告诉她饭做好了。

徐安感觉自己快要被幸福浸染成蜜糖了。忽然地,她就有泪珠想掉下来。

她的老家在外地。当初把她嫁到这里的时候,妈妈是一百个的不放心,如今,也替女儿感到幸运。

有那么好的贴心老公,还有这么个知冷知热的婆婆,徐安满足了。

饭桌上,早已放好了两菜一汤——蜜汁北极虾、糯香排骨和花生甲鱼汤。徐安看着这么多肉啊,虾的,简直有点反胃了。

其实,她吃不了多少的,但是,每顿饭,婆婆总是这么精心的,看着她一点点地吃下。

婆婆边看她吃,边喜滋滋地说:"你得好好吃哦,我的胖孙子可要等着吃饭呢!将来和他爸爸一样,能长成个帅小伙子呢!"

每每听到这里,徐安的心里就颇不是滋味:都什么年代了,还整天把孙子挂在嘴边,要是万一生个女儿,她能怎样呢?

她从来没想过,自己要生个男孩还是女孩。可是,公婆的脑筋就那么僵化,她也没有办法。但,想到自己对他们也一直很好,即便生了女孩,也流着他们的血脉,他们还不是照样疼,照样爱?

于是,听到婆婆说这样的话,她就笑笑说:"无论男孩还是女孩,健康就好。"

婆婆听了,连声说是,看着徐安的大肚子,笑成了一朵花。

2

疼,撕心裂肺地疼!没有任何征兆的,徐安肚子里的小宝贝就待不住了!

徐安没想到自己这么快就要生了。

深更半夜的,林清慌了手脚,看着徐安的样子,不知道怎么办才好。

婆婆不慌不忙,让林清打电话。她收拾着小褥子之类的东西,边收拾边说:"准是个男娃,女娃是不会提前这么早生的。"

一家人,慌慌张张地去了医院。

还好,小宝贝顺利出生了。七斤二两粉嘟嘟的一团,看得林清只嘿嘿地笑。

婆婆把小东西抱了过来,说:"看着小东西,可真是个可爱的人儿哦!"

然后,转身冲着林清说:"笑?光知道傻笑?还不快点给孩子姥姥打电话,谁家闺女生孩子,不是妈妈来伺候啊?"

林清张着大嘴,呵呵笑着,连连称是。

徐安妈妈接到电话,第二天一早,就来到了医院。

林清妈妈见徐安妈妈来了,笑着说:"快看,你的小外孙女多好啊!"

徐安看着婆婆高兴的样子，放了心，觉得自己以前真的是多想了呢。

林清妈妈说："你先照顾着，我回家拿点东西！"

徐安妈妈说："你放心好了，我一定会把你的小孙女照顾好的。"

林清妈妈匆匆忙忙地走了。林清看着自己的宝贝闺女，不知道该干啥。

徐安妈妈说："用不着你做什么的，等我走了，你帮安安和孩子奶奶多干点就好了。"

林清说："您放心吧，我一定会照顾好的。"

三个人喜滋滋地看着孩子的时候，林清妈妈打来了电话，说有事过不来了，让林清看徐安和她妈妈吃完饭后，马上回家。

徐安和妈妈对视一眼，谁也没有作声。

林清放下电话，不好意思地对徐安和徐安妈妈解释了一下，她们两个人都没有说什么。饭后，林清吻了下徐安就匆匆赶回了家。

林清和林清妈妈这一走，就一连两天没见个人影。

徐安开始觉得委屈，她的感觉一下子验证了。虽然她妈妈不说什么，还劝徐安说，准是林清妈妈有什么事，不然一定会来的。

徐安不想让妈妈操心，憋了一肚子委屈，不说话。

本来，她想等林清来了，好好和他念叨念叨。可谁承想，林清也是每次都来去匆匆，徐安根本没有时间和他说这些。

徐安忍着,她想,等出院回家就好了。可是,看到妈妈躲在暗地里叹气,她就知道,也许,将会有更沉重的忧伤,席卷而来。

3

好在,出院那天,林清和林清妈妈都高高兴兴地来了,把她们娘俩接回了家。

徐安妈妈也要回家了。徐安嘱咐妈妈:"没事的,放心吧,也许真的有什么事呢,怕我操心吧。"

徐安妈妈点点头。母女两个心照不宣地笑笑,但还是有一点点的苦涩渗透出来。

徐安妈妈回去了。晚上,林清妈妈也回去了。

终于,她扑在林清怀里哭了起来。只不过是经历了三五天的工夫,她却觉得像过了几个世纪。

林清抱着她,说不出话来。其实,林清心里明白的,他们自己爱情的结晶,他们爱着呢!

可是,因为父母的想法,林清不知道该如何向徐安交代。他们说,没有了孙子,这日子还有啥奔头?这话,他不能讲给徐安。他只能安慰徐安,心疼徐安。

徐安明白,婆婆是真的不喜欢这个粉嘟嘟的小孙女。

接下来的日子里,婆婆几乎没再登过家门。她和林清爸爸一起回自己的房子里去了。

更让徐安恼怒的是,林清妈妈总是打电话让林清去,去了,就不让他回来。

徐安不想林清落个"娶了媳妇忘了娘"的骂名,就咬牙支撑着,一个人带孩子。

可徐安总是手忙脚乱。遇到孩子哇哇大哭的时候,徐安就陪着孩子一块哭,直到孩子哭得没有力气了,娘俩就都迷迷糊糊睡了。

一次又一次之后,徐安终于忍不住给妈妈打了电话。刚刚喊了个"妈",就呜咽了起来。她在这端哭泣,那端的妈妈又说不出话来。没有办法啊,已经是事实了,谁能改变什么呢?

徐安和妈妈哭了一通,说:"她变化怎么这么大呢?我也一直对她好,她怎么就不回味呢?"

徐安妈妈眼泪再也止不住了,劝徐安:"慢慢来,都会好起来的。等宝宝懂事了,叫上几声奶奶,她也就好了。你要对她好好的哦!"

放下电话,徐安的泪又来了,怎么我的父母能这么开明,他的父母怎么就不行呢?

徐安本想和婆婆冷战到底的,可是,听了妈妈的劝,就打算放弃了。再说,林清不回家,她也是坚持不住的。她知道,林清妈妈准是给林清上课了。

她想委曲求全,她不能没有老公,孩子不能没有爸爸。

第五章 素心执手

4

这天，林清说，他要出差，要不让妈过来陪徐安吧。徐安当时一愣，她不想看婆婆难看的样子，可是，难得林清这么说，她就顺势给了自己一个台阶，说好。

林清走了后，婆婆果然来了。徐安马上换了姿态。孩子一睡着，她就凑到婆婆面前说着话，给婆婆捶捶腿，捏捏臂，殷勤的像个仆人。

婆婆似笑非笑地说："没事，我又没看多少孩子，不累的。"

徐安在这种不冷不热的情形下，仍极力地讨好她。拿出自己喜欢的首饰，说是自己孝敬婆婆的，怀孕的时候婆婆那么照顾自己，这是早就准备好的，只是还没有时间给呢。

婆婆瞅了瞅，说："什么时候有这份孝心呢？"

徐安笑了，低下头说："您老人家对我的好，我心里和明镜似的。我不知道怎么做才好，只能尽力孝敬您啊！"

婆婆"哼"了一声，把首饰放到茶几上，扭身去屋里看睡熟的孩子了。

徐安的眼泪差点掉下来，但看到她去看女儿，心里又似乎升腾起一点希望。

她想，只要自己忍过千万的委屈，让她喜欢上女儿，就没有什么过不去的了。然后，她抹了一把眼泪，笑着跟了进去。

晚饭后，徐安给婆婆铺好了床，说："妈，您在这屋睡吧，省得孩子吵着您！"

婆婆脸上有一点点的不安："算了，我回去。"

"恩，那也好，随您老人家。您回去好好休息，明天再来！"

徐安知道，毕竟她来了，就有继续的可能。

无巧不成书，婆婆竟然病倒了，倒在徐安给她铺好的床上，浑身发烫。

徐安想，这次豁出命也要好好地照顾她一回，让她明白，女儿也是可以撑起家来的。

徐安更加低眉顺眼了。她想让婆婆喜欢上女儿，并重新喜欢上自己。

她不让婆婆回去了，把医生叫到自己家里，亲自在床前听着医生的嘱咐。

女儿睡着的时候，她给婆婆熬浓浓的姜汤，一勺勺地喂给她。她推开，说不喝。

徐安就笑着劝她说："就给我一次表现的机会吧，那时候您那么累，还不是照样天天给我做好吃的？"

徐安拿出了自己厚脸皮的本领，一次次地喂给她，终于，她喝了。

晚上，小女儿不是很听话，总是时不时地哭上一会儿。于是，她就抱着女儿睡，一旦女儿有个什么动静，她就赶快将她哄睡着，好让婆婆安安静静地睡一晚。

徐安从来没有想到，自己会有这样的能力，可以照顾这一老一小，而且，她竟然没有和林清诉苦，她突然觉得，自己竟然如此伟大！

5

当徐安熬到婆婆将要痊愈的时候，林清回来了。

看到妈妈生病，他就问徐安怎么回事，徐安笑着说："是看宝贝孙女累的呗！"

林清一愣，有点疑惑，问："妈，真把您累坏了呀？"

"哪里，是我重感冒了！"

徐安偷眼看去，婆婆的脸竟然有一丝红晕。

"你回来了，我就回去吧。"婆婆对林清说。

林清说好，要送她。她推了一把林清："没事，我自己打车回去就好了，你看看她们娘俩吧。"

徐安心里喜滋滋的，觉得自己像一匹战场上凯旋的战马。婆婆肯定是会喜欢女儿的，也肯定会喜欢自己的。只是，要让她真心喜欢才行。即便任重而道远，但她有的是信心。因为，她要像爱老公一样地爱她，如此，她也就有足够的勇气和智慧来解开婆媳之间的纠葛了。

素色情缘

1

左琳知道自己长得不好看,所以,当廖宏说喜欢她的时候,她是无论如何也不敢相信自己的耳朵。虽然,她也曾有过要喜欢他的念头,但是,她觉得自己不过是痴心妄想。

于是,她一个人,毕了业,一心一意地工作去了。

可是,她可爱啊,可爱到看着廖宏一句话也说不出,只是咬着嘴唇,开始泪水涟涟。

廖宏有点傻了:"你怎么了?我哪里做错了吗?"

左琳摇摇头,抽泣着:"没……没有……"

"你个傻丫头。"廖宏长叹一声,一把把她揽在怀里。

二十三岁的左琳第一次接触到异性,何况还是这样一个高大的男子,人,整个酥软起来。

说实话,廖宏不够帅气,但一米八三的个头,总还是让他有几分风度的。更何况,他是个自己创业的青年才俊,就更显得洒脱了。

左琳依偎在廖宏的怀里一动不动,只听得见自己的心跳声和他的心跳声此起彼伏地交织在一起。她贪婪地呼吸着他身上男子汉的味道,如此迷人。

她感觉像做梦,虽然认识他已经四年了,但从没想到,有一天他会向她表白。

此刻,月亮悄悄爬上了天空,城市里也渐渐安静了下来。郊外夏夜的风缠缠绵绵的,廖宏领着红着脸的左琳,走在小路上。

走累了,廖宏坐在一片草地上,盘上腿,仰起脸,看着左琳,拍拍腿。左琳当然知道廖宏的意思,他要她坐在他的腿上!

左琳犹豫着:"这样你的腿会麻的哦!"

"来吧,就你这个小人?"

左琳又一次脸红了,是啊,她不仅不好看,还是个小个子,幸亏不胖,显得娇小,否则……不想了,左琳坐在了他的腿上,廖宏揽着她,像是疼惜自己的孩子。

两个人就这么坐着,聊着,不知不觉,天色将亮。

"天怎么亮得这么快呀?"左琳满脸的不情愿。

"是呢,因为我吧?"廖宏调皮地翘翘嘴唇,惹得左琳的脸一阵通红。

廖宏捉住她的唇,又一次狠狠地吻住了她。

整整一个夜晚啊,光阴那么神奇,把两个人四年的点滴记忆重新复活,交织在一起,那么柔美,那么动人。

她终于知道,就因为自己纯净、执着,哪怕是在只属于两个人的夜晚，她依然坚守着自己的底线。所以，廖宏爱她，廖宏早就等着这个小姑娘毕业呢！

"我得回公司了。"挣脱他的怀抱，她站起来，可怜巴巴地看着廖宏。

"嗯，好吧，我陪你去吃早点，然后送你回去，下周我再来哦。"

"嗯。"左琳开心地点点头。

2

左琳没想到会发生这样的意外。

简直太意外了。

半年之后的一天，天很晴，却冷得出奇。左琳走在大街上，穿了厚厚的羽绒服，似乎都没有任何作用。整个城市，显得安静了许多，偶尔有车，疾驰而过，给小城带来一丝生机。这样的天，蓝得彻底，从上到下，倍显通透。

左琳的办公室还算暖和，有中央空调，穿了毛衫就好。

手机来短信了。左琳笑着拿过来，她知道，是他，那个专门为他设置的短信提示音——《因为爱情》。

"中午一起吃饭，雅洁餐厅，102。"

"遵命。"左琳马上回复。

十点多了，还有一个小时。左琳赶紧收拾手头的工作，效率足足提高了一倍。

已经三个星期没有廖宏的消息了。他说去上海考察一下市场，不知道这次，会带来什么新奇的东西呢！

"终于搞定！"左琳换上新买的鞋子，准备出发。鞋子是那种秀气的细跟的中跟鞋。同事都说，穿了好看，显得高了，更苗条了，有气质了。

爱上廖宏后，爱穿平底鞋的左琳就爱上了高跟鞋，她要让自己出色一点，这样，才好让廖宏有面子呢。虽然，她知道，廖宏爱的是她的心。

匆匆来到餐厅，推开102的门，左琳整个人就不知所措了。

廖宏穿着崭新的翻毛皮衣，锃亮的皮鞋，俨然一个崭新的男子。他端坐在长方形餐桌一边，正和对面的女子低语着什么。那个着休闲装的男子哪儿去了？

对面的女子，挽着高高的发髻，化着精致的妆容，一身红红的新娘妆。

多明显，多可笑，多好玩。左琳忽然想笑着说："你们这是新婚大吉啊！"

但她怎么张嘴，也发不出声音来了。

见左琳来了，那女子站了起来，廖宏也站了起来，轻咳了一下："哦，这是左琳，这是孙鹤。"

"你好，请坐。"那个叫孙鹤的，很客气地冲她点头，微笑，示意她坐下。

左琳笑着说："谢谢。"

然后看看，坐哪里？左边？右边？左边挨着廖宏了，右边挨着孙鹤了，她谁都不想挨。

顺手从侧面拉过一张椅子，放在餐厅小走廊上，干脆坐在俩人中间。

她听得见，自己的心，在汩汩地流着血。她也听得见，自己的头呼呼旋转，却是一片空白。

"上菜！"还没坐稳呢，廖宏就招呼着服务员。

菜很快上来。客套了几句话的工夫，廖宏就吃完了他的饭，然后说："我饱了，出去一下哦，你们聊着。"

左琳知道，他逃脱了。

"你肯定不知道我们结婚了吧？很突然，是吗？"孙鹤开口了，终于到主题了。

"是的，不知道，很突然。"左琳豁出去了。

"其实，我知道你的存在，而且我也知道你们一直联系着。但我就是要嫁给他，没有理由，谁让我喜欢他呢？我不反对你们来往，只要不影响我们的生活就好。"孙鹤那么平静。

她听着孙鹤的声音像天外来客般，一条条撕扯着她的心。脚在鞋子里使劲地蜷缩着，想要把鞋子撑破，让鞋子飞出去。

"不会的，怎么会呢？我承认，我们恋爱过。但既然你们已经结婚了，那就没有我存在的意义了。祝福你们。"

3

五年后，二十八岁的左琳如同脱胎换骨一般。

作为公司副总的她，依然娇小，依然貌不出众，但成熟端庄的气质，由内而外，淡淡弥散在她的周身，灼灼可人。

她喜欢穿白色的裙子，或者粉色裙子，仿佛是出水的芙蓉，清丽圣洁。有她在的时候，每个女孩似乎都暗淡了下来。她的高贵、清雅，自然也吸引了众多的追求者。她不闻不问，只微微笑着，没有人知道她到底想要什么。

一次公司晚宴时，那些刚进公司的小姑娘亲切地喊她姐姐。

她说："你们知道吗？有那样一个故事，发生在咱楼下的雅洁餐厅102……"

她们哈哈笑着，说："姐姐，你真会讲故事，那被涮的姑娘，还不泼了那俩人？"

没有人信左琳的话，也没有人信左琳会笑眯眯地祝福他们。

左琳不再说话。

这些年，她总是喜欢一个人，走在郊外草地上，想着那个美好的夜晚,心,温暖着。

偶尔,她会坐下来,一直坐到天黑,却从不过夜。夜晚的黑,时常让她害怕。

她相信,廖宏不想告诉她,肯定有他的道理。

回到寝室的时候,她常常抱着那个小兔子睡觉。那是自己过生日的时候,廖宏送的,这一抱,就是八年。白色的毛,已经有了淡淡的黄。

左琳知道,自己还爱着他。

这一发现,让左琳自己痛苦不堪。有时候,她也想嫁人算了,过着富裕的生活,过着有人疼、有人宠的日子,或者,把一切都丢得干干净净。

只是,她再怎么想,心里都容不下其他的男子。

她知道,她想找到答案。

不曾想,答案竟真的有了。

还是那次晚宴上,她听得邻桌的男子在说着什么。

一个词语,引起了她的注意,他们在谈——廖宏。

"廖宏真幸运啊,被孙董家的千金看上了,真是义无反顾,直逼廖宏啊。听说廖宏当时还不愿意来着,说什么咱公司有他的意中人,想来是托词吧,反正,最后还是娶了。后来,人家这生意,真是如虎添翼啊……"

"后来,听说廖宏还找贵公司的那位佳人了呢,就是不知是哪位哦!"

"廖宏今天怎么没来呢?"

"孙千金不允许呗……"

大家一阵欢笑,接着信马由缰地高谈阔论去了。

左琳听不见什么了,呆呆的,眼睛里,忽然热热的。

于是,她开始给小妹妹们讲故事,但是,没有人相信。

4

"廖宏,你一直是我的彼岸。我在这头远远地看着你,却怎么也找不到你的身影。其实,不是找不到,而是说到就要做到——不打扰你的生活。

"我宁愿相信,你生活得很幸福。

"我想,我错了。这错,大概有三吧,一错,错在接受你的爱;二错,错在我真的爱你了;三错,错在找寻你给我那样一个场面的答案。

"我想,正确的选项应该是第二条吧!

"我们无缘。缘分来得早,来得晚,都无法着上色彩,素素的,都不是我们的。"

左琳在手机上写下这样一段话,发给廖宏,手机号,是她保存了八年的号码。

左琳低头,许久,终于按下发送键。

一点点等待,竟然没有发出。

也许,号码错误。

来到雅洁餐厅102包间,坐在曾经的长方形桌上,左琳点了当年吃的饭:烩饼,小葱拌豆腐,油炸河虾。

左琳认真地吃着,这爱情,是稀里糊涂?是一清二白?还是清脆喷香?

手机响了,陌生的号码。

接听,竟是廖宏。

左琳没有说话,任凭泪水一滴滴落下来。

慢慢,慢慢放下手机,任凭那个熟悉的声音响着。

第六章 / 温婉流年

天很蓝,像许多年前的青春。
那欢喜雀跃的爱啊,
是光阴赠予的奢华。
舍不得啊舍不得,
凝眸,已是闲负手,
永欢喜。

时间煮爱

1

他喜欢她,只在一刹那。

那时,宝良是个瘦瘦的少年,脸上有几个若隐若现的小痘痘,但这丝毫不影响他的可爱。

他的嘴唇红红的,饱满,滋润,这是连女孩子都无法企及的。他笑起来,眼睛就眯成一条缝,整个人,让人觉得特别喜庆。

因此,他博得了不少女孩子的喜欢,虽然那些喜欢都是悄悄的。

都是十七八岁,情窦初开的年纪,宝良自是清楚的,心中忍不住有点小得意。但他并不张狂,对每一个人都笑嘻嘻的。谁知道,他到底喜欢谁?

高考结束,回来填写志愿,校园里人声鼎沸——告别声,询问声,招呼声……此起彼伏。

宝良在这样的人群中,决定了自己的去向,就去车棚推自行车准备和同学告别,然后回家整理资料。就在这时候,他看到了来推自行车的白芷若。

他的心小小的一颤。

白芷若并不漂亮,娇小的身材,圆乎乎的小脸,梳着马尾辫,像校园里的榆钱花，素素的，偶尔会迸出一丝浓绿，像春日里上了妆的女子。

她开朗活泼，总是没心没肺的样子，时不时，便大呼小叫。宝良有时候会呵呵笑她，心想，这样的女子，谁会喜欢？

此刻，白芷若没有穿宽松的校服，而是穿了一条乳白色的裙子，高高的马尾辫垂在双肩。一股从未有过的气息，向宝良扑面而来。她安静地低了头，去开车锁。

那一低头，莫名地，他就想起了徐志摩的那句：最是那一低头的温柔，像一朵水莲花不胜凉风的娇羞。

她，怎么可以这样温柔呢？

他的心里随之升起一股暖流，一种说不清道不明的感觉，倏忽而至。

他看她推了自行车，走上甬路。快到校门口的时候，她停住了，回头，看校园。

他扭过头去，却见校园里的菖蒲，正如火如荼地开着。

后来，他知道，喜欢，就在这一刹那迸发，而且，他喜欢上的是一直不被他看好的女孩。

2

等通知书的日子是清闲的，他便找了各种遇到白芷若的理由。

而他，也总是会在不经意间，看到白芷若。

白芷若的成绩不错，自然会考上不错的学校。他说："等你拿到通知书，告诉我一声呗。"

她说："当然，我要给每个同学写信，我要我们一起记住这美好的学生时代。"

通知书如期而至，两个人到了不同的学校，一个在北京，一个在山东。

她说："欢迎你到北京来做客，到时候我带你去长城哦！"

他说："好，欢迎你到山东来做客，到时候我带你去看海哦！"

说完，两个人哈哈地笑起来。

到大学之后，吸引同学们眼球的，并不是白芷若的外貌或性格，而是她的名字。

其实，这在意料之中。她也没想到，没有多少文化的爸爸妈妈会给自己起了这么一个浪漫的名字。以至于后来，她觉得——如果自己成绩不好的话，都对不起这三个字。

于是，白芷若一直发愤图强，成绩自然总是名列前茅。

对名字的关注自然不会持续很久，很快，同学们就习惯了这样一个爱笑又大大咧咧的女孩。

接下来，让同学们再次关注她的，便是成绩了。不知道她哪里来的精力，每次考试，总是将第二名远远地落到了后面，简直是当之无愧的学霸啊。

白芷若在大学里收到的第一封信,是宝良的。白芷若还没有来得及给同学们写信呢,他的信就来了。

读着他的信,白芷若就咯咯地笑,简直是汇报工作嘛,如何报到,如何上课,如何应付老师督导,如何参加实践……简直就是学校工作代言人。同宿舍的姐妹也笑,那个叫宝良的,成了她们的笑谈。

当然,白芷若也写信,嘻嘻哈哈着。

她这样一个热热闹闹的人,却喜欢很多安静的东西,比如一杯清茶,一朵落花,一片夕阳……虽然,这样安静地写信,也会被同学们嬉笑,但在如今这通信网路飞速发展的时代,写信,于她而言,也是一种唯美。

3

宝良看着她的信,透明如水,他看她的字,发呆:为什么,她就感觉不到他的心跳呢?

他看到的,都是她的学习,似乎,除了学习,就没有什么好玩的事情了。

宝良开始给她讲自己宿舍里的故事。

之一:

我们老大忽然喜欢了对面楼上一女生,那女生明艳亮丽,完全不是他的菜。但是,他喜欢了,而且是如此地猛烈,他抛弃了我们,天天追在那女生的后面。女生去哪里,他就去哪里,当然,绝对不会被女生发现的。

一天,他不知怎么知道了女孩生日,绞尽脑汁地想要送个什么礼物,能引起女孩的重视。

功夫不负有心人,他发现了一条叫"伊人"的裙子,那是一条极新颖的裙子,价格不菲。但他觉得特合适,就买下来。我们知道,他用了两个月的生活费。

他拿着裙子去女生宿舍,找那个女孩。宿舍的女孩们正说笑着,说她不在。老大脸红了,说自己是她老乡,家里人托他给她带的东西。

女孩看了裙子,自然明白是怎么回事,大大方方穿了。老大和我们都看见了,真是漂亮。只是,她的旁边有帅男一枚……

之二:

老三的情况却截然不同。二十三岁的他,遇到了二十五岁的她。那女孩见老三温文尔雅,还没说话,脸色已红,断定,老三是良家男子。

于是,在老三稍加用力的情形之下,那女孩,便顾不得山高水长,顾不得男生宿舍异样的气味,几乎每天都要光临我们宿舍。我们宿舍便有了清新的气息。看他们窃窃私语,看他们暗送秋波,看他们手拉手走出门口,让我们好一通羡慕啊……

宝良之所以这样亦喜亦悲地讲故事,其实他是在秉承一个原则:把自己的心思悄悄地渗透给她,但又不想惹恼了她,也许,她可能会慢慢接受。

白芷若接到这信的时候,校园的合欢花开得正欢。她和杜婷婷走在校园甬路上,看花。看着的时候,脸莫名其妙地红了起来。走在旁边的杜婷婷似乎觉察到了什么,用胳膊肘碰碰她:"哎,怎么了?啥情况?"

白芷若呵呵一笑:"没情况,看花。"

4

宝良没有收到白芷若的信,心里七上八下的,不知怎么才好。

其实,也有喜欢他的女孩,送了他小小的礼物,他都客客气气地还了回去,哪里说得出什么理由,不过是有个白芷若罢了。

宝良再不敢写信了,再不敢讲故事了。直到,他抱着豁出去的心情给她寄出了一张卡片,是学校的宣传卡片。学校厚重的教学楼，掩映在苍翠的大树中，似乎在诉说着款款深情。

宝良不知道，白芷若是不是已经收到了卡片。总之，在卡片寄出去的第三天，他就收到了白芷若的信。白芷若依旧嘻嘻哈哈地说着学校的故事，丝毫没有谈到他讲的故事。

这让宝良很郁闷，看来，自己的工夫是白搭了。

他继续看着她的信，末尾，白芷若没有像往常一样，写下标志性的四个字"就此打住"，而是用了这样一句话："花气薰人欲破禅，心情其实过中年。"

什么意思？这是谁的话？

宝良确实不知道哩，赶紧去查，很快便找到了答案。这是黄庭坚《花气薰人帖》里的句子。

"心情其实过中年。"怎么感觉到一股苍老呢？他无论如何也不能把这样的句子和白芷若联系到一起。

他始终觉得，白芷若一直是那个清澈如水的女子，因为她的清澈，才让宝良始终念念不忘，哪怕，他的心动，只是在那一瞬间。

虽说是刹那间，其实也是多年淡淡的相处奠定了基础，也许这也是一种厚积薄发吧。

宝良决定去北京。

北京，那个有故宫，有长城，有胡同，当然，也有白芷若的城市。

宝良没有告诉白芷若，他已经到了校园。他很清楚，此刻白芷若应该在哪里。

　　周日的校园里并没有往日的人来人往，连树都安静着。图书室里也是异常安静。宝良站在门口，透过玻璃门，他看见那个熟悉的身影果然在低头读书。

　　他一动不动，静悄悄地看着，等她读完一个章节，等她发现他，等她走出来。

　　白芷若终于停了下来，收拾好书包，扭头，停住。

　　怎么会？那个眼睛眯成一条缝的男子，怎么从天而降？

　　没有翻山越岭，不过是跨过几道桌椅，跨过一道玻璃门，两人的目光交汇的一刻，却真的如同翻山越岭了。

　　怎么会？怎么会啊……

　　宝良终于笑了，红红的嘴唇像盛开的玫瑰。

　　白芷若感觉到自己狂乱的心，不知如何是好。

　　她走出来，咬咬嘴唇，一笑："你咋来了？"

　　"嗯，来了。"宝良的笑倾国倾城。

5

　　白芷若还是没心没肺的样子，带着宝良去了长城。

　　宝良说："都快毕业了，你也不邀请我来看长城，没办法，我自己来吧。"

白芷若白他一眼："不邀请，你不也是来了？"

　　两个人有一句没一句地搭着话，一步步向长城上走去。

　　宝良在后面看风吹过白芷若的长发，异常的美。他怎么也想不透，这个平凡的，稍稍有些成熟的女子，怎么会一下子让自己乱了方寸呢？

　　白芷若回头招呼他，他答应一声，追上去。

　　两天很快过去了，白芷若和宝良谁也没有谈信的事情，基本锁定在毕业的话题上。

　　偶尔两个人眼光交汇，白芷若也是匆匆闪过，似乎在掩饰着什么。宝良以为，可能这就是女孩子的娇羞吧。

　　送宝良走，在站台上，白芷若说："我想考研，读博，出国。"

　　宝良想说："我和你一起试一试吧。"

　　可是，他没有说出来，因为，白芷若接下来说了一句："你还给我讲故事，你自己呢？还不快点找个女朋友？"

　　宝良不想伤害这样清纯的女子，当时，他多想冲她怒吼："你知不知道，我一直喜欢你！"

　　可看着她没心没肺的样子，他不忍心再伤害这样的女子。

　　于是，他轻轻地说："芷若，你做我的女朋友，好不好？"

　　"啊？"白芷若愣了一下，笑起来，"算了吧，别开我玩笑，你这样的帅哥，我不配哦！赶紧上车走人！"

6

宝良回来后,再寄去一封封的信,打去一个个的电话,都再没有消息。宝良知道,他把这个天使弄丢了。

毕业以后,他没有再找到白芷若。有人说,她出国了;有人说,她嫁人了;也有人说,她留在北京了。可是,他四处打听了,到底是没有她确切的消息。

他一个人开始打拼,先后换了几家公司。也有好心的大姐给他介绍对象,见着那些姑娘的时候,他总是不由自主地想起她,心就会泛起一丝丝的疼。

这样的情形,一下子就持续到了三十六岁。一心扑在事业上的宝良,也算是事业有成了。

直到那一天——别人给他介绍的女孩,恰恰是白芷若的舍友杜婷婷。彼时,杜婷婷刚刚从国外学成归来,才开始考虑自己的终身大事。

俩人一见面,都吃了一惊。杜婷婷一语道破天机:"你还在等着白芷若呢?"

宝良不再淡定,急急地询问白芷若。

杜婷婷笑了:"你就是那个写信的人吧?"

宝良应着,他觉得,老天太厚爱他了,让他遇到杜婷婷。

"其实,白芷若知道你喜欢她,而她也是喜欢你的。可是,她的'大姨妈'总是让她疼得死去活来,于是她去医院检查。医生说,她的受孕率不足百分之四十,她一下子呆了。

"对她这样一个传统女子来说,她不能接受自己将来可能没有孩子的事实。尽管,她明白,百分之四十并不是个绝望的数字,但她却不允许。于是,她说,她唯有嫁给学习了。自此,不再谈爱情。

"还记得她去送你吗?你走后,她在站台上号啕大哭,是我把她带回来的。那天,她和我讲了你,讲了你的信,讲了你的痴心等待。她说,今生终究是负你了,只有让自己消失才好。

"毕业后,我就出国了,她没再和我们任何人联系,没有人知道她去了哪里。"

宝良听得很认真,一动不动,直到婷婷把纸巾递到他手里,他才知道,三十六岁的自己早已无法把控自己,竟然泪流满面。

他忽然想到一首歌:

风吹雨成花

时间追不上白马

你年少掌心的梦话

依然紧握着吗

云翻涌成夏

眼泪被岁月蒸发

这条路上的你我他
有谁迷路了吗
我们说好不分离
要一直一直在一起
就算与时间为敌
就算与全世界背离
风吹亮雪花
吹白我们的头发
当初说一起闯天下
你们还记得吗
那一年盛夏
心愿许的无限大
我们手拉手也成舟
划过悲伤河流
你曾说过不分离
要一直一直在一起
现在我想问问你
是否只是童言无忌
天真岁月不忍欺
青春荒唐我不负你

大雪求你别抹去
我们在一起的痕迹
大雪也无法抹去
我们给彼此的印记
今夕何夕
青草离离
明月夜送君千里
等来年秋风起
……

7

四年后的九月,菊花盛开。白芷若在等待客户的时候,常常对着这些花,微笑。

她记得,宝良说过,菊花是最懂心的,总是在将冷的时候,把大把大把的热情给了人,多感人。他还说,他喜欢白色和粉色的菊花。

对着那盆叫"时光煮爱"的花,她停住了目光。花蕊是白色的,周围的花瓣是淡淡的红色,像仙子守护着天使。这是她花了很长时间才培育出来的品种,在她的花棚里,这是她的天使。

有多少人来买,她都是微笑着拒绝。

"我买,不谈价格,好不好?"白芷若被这低低的、斩钉截铁

第六章 温婉流年

的声音着实吓了一跳,谁会这么霸道?扭头的刹那,她也呆住。

他看着她,一眼的烈火,红红的嘴唇,却不是上翘,而是紧紧绷着,似要喷发的火山。

白芷若看着,眼里蓄满的泪水,迷蒙了她的眼。

"为什么要走?知道我辗转了多少地方,才找到这里吗?"

白芷若脑中一片空白,心,仿佛在空谷中飘荡起来。

"百分之四十算什么?百分之四十意味着我可以给你百分之六十,这就是百分之百。"

白芷若一声不吭,她知道,这次,她再也逃不掉了。

她的泪,终于掉下来——这就说明了一切——那个没心没肺的叫白芷若的女孩,一直在等他。

他没有错过她,她也没有错过他。从心动到此刻,二十一年的光阴,造就了时间的砂锅,七千多天的苦痛与煎熬,终是慢慢地,慢慢地熬成一锅爱的甜粥。

一年后,三十九岁的白芷若,抚摸着日渐隆起的腹部,看着她的那些花,冲着宝良没心没肺地笑,轻轻哼着:

"我们说好不分离

"要一直一直在一起

"就算与时间为敌

"……"

有些爱情是用来浪费的

1

小女友，不是美人，但精气神却非同一般。大学毕业时，男友为了她毅然从遥远的杭州来到这座名不见经传的小城。

可是，小女友不领他的情，说自己还没想谈婚论嫁呢。而小伙子铁了心，在她公司旁边，租了门面，像模像样地做起了生意。有殷实家境的他，根本不在乎盈利与赔本，他只要看到她上班下班。

一天，小女友非常郑重地找到了杭州小伙，认真地告诉他："我们不可能了，再见吧，你回杭州吧！"

小伙非常惊讶："你做什么我都不在乎，只要你让我在这儿等就可以，为什么撵我走？"

小女友认真地说："我爱上了别人，一个普通得不能再普通的中年男子，有家有室，没有多少权，没有多少钱，但有智慧！"

小伙瞪圆了双眼："我傻吗？"

小女友温婉一笑："你不傻，但我对你真的没'电'。"

小伙不解："你一不缺貌，二不缺才，三不缺钱，干吗要给人当'小三'？"

小女友不急不恼:"我不当'小三'。我等他甘心情愿离婚那天,等他甘心情愿来娶我那一天。"

小伙当然不会放弃,他不走,还劝她,而她仍是微笑着说,不想伤小伙的心,也不想伤自己的爱情!

可是,她的坚持能成功吗?

2

小女友有个八十三岁的外婆,是大户人家的小姐,年轻时,温婉优雅。

一日出门,偶遇驻城军队里一位美少年,青春萌动的外婆便暗暗滋生了情愫,任媒婆踏破门槛,她心中只有那穿了军装的男子。

后来,兵荒马乱时,驻城军队离开了,从此,便再没有了音信。

外婆开始憔悴,但最终禁不住父母的严厉,收了心事,嫁给了外公。

当时,外婆二十三岁,已是了不起的未婚年龄了。

外婆的爱情,被作战的马蹄碾碎了,浪费了一段美好的时光。但外婆每每笑谈起此事时,却满面的红光,没有怨恨,是一种沉淀下来的享受着的温和。

真的,生命不长,但有些东西就是用来浪费的。

3

她用将近一个月的工资,添置了美丽的披肩、奢华的长裙……但她从来没有穿过,这是如此浪费。

有时她坐在阳光里,一动不动,任时钟嘀嘀嗒嗒地向前,什么也不想,什么也不做,就在这发呆的时刻,享受着阳光的恩赐……

而这所有的浪费,只是为了能够在人生长河里,寻到片刻,属于自己的灵魂,即便是浪费,那也是心甘情愿。而有些爱情也是用来浪费的,心甘情愿地浪费!

最终,小女友没能等到那个男人离婚,到底还是随杭州小伙离开了。自然,她的这一段爱情也浪费了。

但她不后悔自己的等待,她说:"我是真的爱了,刻骨铭心,心甘情愿,无怨无悔!只不过,时空颠倒了。如果我早生20年,相遇的人,就不会注定离别。"

那些钱、那些时间、那些爱,都浪费了,但它们与心甘情愿相融,就会慢慢凝结成一块心爱的物什,温暖人生。

爱情不是你想象的那样

1

那年,你十七岁,高中二年级。聪明的你,总是占据着年级第一的位子,再加之你的热情活泼,没有任何悬念的,你成了女生妒忌、男生追求的对象。

你骄傲着,像孔雀一样,穿行在校园的每一个角落,那时候,你在学校的位置,不亚于校长。其实,就是校长,看见你,也会比平时多出三分微笑。

青春期,女孩子的心思毕竟是细密的,莫名其妙地,你喜欢上了军乐队那个帅气的男生。他的成绩一般,却把军乐队搞得有声有色。每年的运动会或是艺术节,他总是抢尽了风头。

你悄悄注视着他,希望有一天他会和你说——"我喜欢你!"

但你期待的这种浪漫,直到高三下学期也没有到来。而你看到的,却是他牵着那么普通的一个女孩子的手。于是,你发怒了,你容不得你喜欢的男孩子这样无视你的存在。

你来到那个男孩身边,大声说:"知不知道,我喜欢你很长时间了?为什么不理我?我给你那么多的习题试卷,难道还看不出我的心吗?"

男孩怔了一下，低下头，说："我知道，可是，你学习那么好，而我考学又没有什么希望，配不上你的！"

你听了，忽然泪如雨下，你说："让我来帮你吧！"但距离高考太近了，你的努力没有多少成效。

你看到的，仍是他牵了那女孩的手。你开始号啕，然后，你疯了一样拽着那个男孩，来到酒馆，疯了一样的和他喝酒，然后，将自己人生宝贵的第一次，就那么轻而易举地交给了他。

你说，你喜欢他，就是要给他。

高考结束，意料之中，男孩落榜了，你只身一人南下，开始了大学生活。

自此，你再也没有了那个男孩的消息，你知道，那个男孩终究是不属于你的。你说，你不后悔，这爱，纯洁得如春天枝头的白玉兰，印在青春的底版。

2

大学是个人才济济的地方，你张扬的个性，出色的成绩，很快使你出类拔萃，你又拥有了很多粉丝。

大学又是个爱情烂漫的地方，你终于可以大声宣扬自己喜欢哪个男生，也可以大声地在教室里宣读你不喜欢的那个男生写给你的情书。

当那个叫阿天的男孩终于拜倒在你的石榴裙下，听从你调遣的时候，你淡淡地说："我没有了初恋，不是处女了。"

可是，那个叫阿天的男孩，如同当年你爱那个男孩一样，无怨无悔。

于是，在同学们的羡慕中，你收获了大学第一美男——阿天的爱情，成了系里第一个和男友到校外租房同居的"准夫妻"。

你像个骄傲的公主，阿天甘愿为臣，无微不至地照顾着你，你尽情地享受着阿天带给你的快乐。你说："原来爱情可以这样任我挥洒啊。"

当你发现，阿天除了能尽心尽力照顾你之外，再不能给你带来什么的时候，你开始厌倦了。你说，阿天太嫩了，哪有男子汉的气概？

在你说这话的时候，阿天低着头，恳请你："不要走，好不好？"你瞥他一眼，义无反顾。

3

你走，是要赴一个男子的约会。那男子，长你十二岁，有妻，有儿，有家，有事业。虽然遭到他的拒绝，但你依然爱他。

他的成熟、稳重、睿智、勇敢，是一个帅气的阿天无法拥有的。你心甘情愿去做他的情人，你说，一分钟看不到他，你就撕心裂肺地痛。

你请了假，战战兢兢来到他的城市，却不能在阳光下与他同行，只能在小屋里，默默等他。好不容易等来的片刻欢颜，倍显珍贵，你珍惜着。

你喜欢这种期待，这种心跳的感觉。当你回到学校，阿天依旧在等着你，你看也不看他一眼，你觉得你的爱情在别处。

周末、假日，所有可以离校的日子，都成了你的期盼。因为，你可以飞到那个有他的城市，享受你喜欢的爱情。

终于有一天，他的妻子发现了一切，决定离婚成全他。而他，却做了你的叛徒，断然发了短信给你，决绝地与你分手。

你打电话，你去找他，你不信那个善良的他，会这样对待全心全意奉献爱情的你。曾经答应娶你的诺言，怎么会就此成为过往云烟？

你一病不起。阿天来到你的床前，端水送药……你闭了眼，流了泪，原来，爱情不是你想象的那样，总是那般的光鲜，明亮，妖娆。

爱情的幸福，到底是在道德、良心、信任、责任与平淡中建立起来的。你拼命追求它，想时时刻刻保持新鲜，原是根本不可能的，如同冰箱里的草莓，时间久了，也渐渐出现了惨淡的白。

你终于明白，爱情不是你想象的那样，你走过的所有爱情，早已经带着尘世的冲动，如洪水般被淹没。

隔着苍茫的洪水，你终于尘埃落定。咽下阿天递给你的药，你学着修正爱情。而此刻，真正的爱情应该开始悄悄在你心底扎下坚实的根了吧。

爱情玲珑心

1

那不过是很普通的一堆东西——自家地里长的花生，已经烤熟的红薯，还有从土灶大锅里炒好的瓜子……

它们，没有任何包装，就那么慵懒地躺在我的床上，恣意地飘散着诱人的清香；它们，用不着任何的修饰，就自然而然地让人想到一个词：家。

这些，是那个男子带给我的，是那个将字写得很飘逸，可是却不会说什么话的男子带给我的。

同室的女友们，常常在一阵惊呼中将它们飞快地"蚕食"掉。而我，躲在角落里，看她们张扬地笑着，似乎一切都与我无关。

周围女友们的爱情个个惊天动地，今朝散明朝聚，总是上演着惊心动魄。唯独我，在一旁落寂着。

其实，不是不爱，是不敢。一直没有只求曾经拥有的气魄，所以，就只好期盼一场能够天长地久的平淡相守。

那个男子，将一封手写的信，悄悄放在我的手包里，理智的语言，漂亮的字体，着实让我心动了一番。

想想，在这个网络信息比飞还快的世界里，他能静下心来，坐于桌前，选一张漂亮的纸，一笔一画地写下一个个从内心流淌出来的文字，该是怎样的一种专注、一种真诚啊！

可是，他是个太优秀的男子，而我普通得如同阳光里的一粒尘埃，只有在阳光普照的时候，才敢快乐地舞蹈。

我知道，爱情很美好，它一直是我心底未开的花。我憧憬着，希望有一天，它会妖艳地灿然开放。手捧着薄薄的信纸，我不知道，那碳素的横平竖直，是否能催开心里那朵迟开的花？

这个男子，不慌不忙，微笑着，看我拼命工作的背影，悄悄在我的桌前放一盒蔬菜饼干。不明白，他怎么会知道，我是那样的喜爱清香的蔬菜味道？

2

元旦假期来临，没有能够回老家的我，在上班第一天，便收到了那一堆很普通的东西。而它们，何尝不是我从小的贪恋？

那些东西，是母亲常常做给我们吃的，那味道，是家的味道，是母亲的味道。有它们，在哪里都是暖暖的。而这个男子，怎么就这么悄无声息地窥探了我的心灵？

日子如水一样流逝着，我渐渐习惯了，抽屉里的一盒板蓝根，抑或是健胃消食片；桌角一束盛开的野菊；下雨天椅子旁边一把漂亮的雨伞……

那个男子，从不说什么，只是偶尔地那么微微一笑。

我的心开始灵动起来。一个羞涩的眼神，一句善意的提醒，一下浅浅的对视……那个男子开始在我"不经意"的巧合里，愈加地精神十足。

没有花前月下，没有美酒咖啡，没有海誓山盟，一切，就那么平淡地流散开来。

他终究是个笨嘴的男子。在公司举行的那个自助酒会上，早就看出端倪的妮儿，调侃他："怎么还不求婚呢？你是不是想让人家自己穿上婚纱走到你面前，你才甘心呢？不要以为除了你，我们就嫁不出去！"

他涨红了脸："不，不，我不是那个意思，是……"

"是什么是？是个男人就利落点，别婆婆妈妈的，真是不明白，你真就连点浪漫的求婚都不会？简直了！"

他在妮儿的一阵狂风暴雨中，怔怔地站着。

后来，他解释说，他不是不想，他是怕吓着我。因为我一直那么怯怯地拒绝着，他想等到我能够接受，水到渠成的时候。那时，他自然会给我一个满意的交代。

我享受着这种平淡的关爱，宛如冬日里，一杯浓浓的咖啡，从喉咙开始温暖，直抵心底。

3

野外训练，那男子忘记了，山里的夜是会很冷的。当我将保暖内衣递到他手里的时候，他痴痴地看着我。我红着脸说："其实……其实，我，我这样的女子挺适合嫁给你的！"

没等他说什么，我疾步转身。却忽然，有人从后面紧紧地拥住了我。第一次，被男子紧紧拥着……

"知道吗？我就是喜欢你的安静。轰轰烈烈的不是爱情，爱情禁不起太多的跌宕起伏。虽然那些也许能让你痛快淋漓，可生活是细水长流的。这样的生活里，爱情只能接受平静。两个人的爱情，是用来相守的。"

原来，朴素的爱情最动人，最长久，最美丽。

第七章 / 恋恋絮语

总有一些絮语,
是经了岁月砥砺,
才让人知晓,
那原是锦缎里低眉开着的花,
不妖娆,不张扬,暗自芬芳,
浸染着似水流年,美眷如花。

路途遥远，让我们在一起吧

什么可以不老？

爱。

即使时光是张硬硬的砂纸，噌噌地打磨着俗世的日子，而路途中的每个点点滴滴，仿佛都是一个个全新的开始，这是否证明早已在一起的过程？

一天一首情诗吧，矫情了；每天甜言蜜语吧，肉麻了；那，就唱一曲情歌吧。可突然发现，日子，早就将声音浓郁成了一抹，深深的老绿。

其实，真的喜欢是宠爱的。因为，喜欢比爱更惊心。喜欢从不动声色，潜滋暗长着。

为他煲一锅粥，不回家，也不怕，放进保温桶，裹了厚厚的毛巾，打了车，送去。

要出差，早起。等他醒来，桌上有刚刚煮好的馄饨，就像她的爱，不多不少，不远不近，不声不响。

白衬衣，只穿了一次，领子有了点点的异色，床头便多了一件崭新的。

酒醉了，冲蜂蜜水，换衣……

第七章 恋恋絮语

总以为，自己的爱多，自己的付出也多，可她不动声色，内心却波涛汹涌着。

人生，应该有这样一场深爱的，不顾及那么多，哪怕是刀山火海，哪怕是飞蛾扑火，就只为早早地起来，包一碗这样的馄饨，值了。

过尽千帆皆不是啊，总是看不够。面对面了，还是看着，看着，看得不由自主地笑，没有理由地笑。当然，还会羞红了脸，蓦地低头。五花马，千金裘，呼儿将出换美酒，与尔同销万古愁。多想唱，哪里是同销万古愁，是心里的爱情，多少的富丽堂皇，不过过往云烟，换就换个，情真意浓，要的是那俗世里一碟咸菜，一碗清粥。

那个城市，她只去过一次，因为看他。

回来的时候，却不再匆忙了，原来，总是怕赶不上，其实，人生长着呢，从这头到那头，总会有许多的小欢喜。

懵懂冲动的少年终于过去了，慢慢地开始化繁为简。

珍藏内心的，守口如瓶的，永不提起的，万千兵马般的，不过是内心与自己的交战罢了，渐渐长大的人，早就在岁月砥砺里，将所有的纷繁芜杂，化成一种矿藏，铺就成一条开满鲜花的坦途。

对着一杯清茶，仿佛有颗寂寞的心，旁边一株不知名的绿色植物，泼辣辣地盛开着。心里似乎还有点什么，却又不关时光，不关爱情，也不关疼痛与甜蜜，只剩下一点点纯真的情怀，是要到的那个彼岸。

落雪的日子，也一个人去走，素衣，素面，素心，天地茫茫，咯咯吱吱，旷野的干净与冷清，是渐渐在光阴里凝成的底子，厚重。所以，安静。

不小心，就是小半生。

也突然会流眼泪，找不到解读者，也无须找的，本没有原因，是婀娜，是自己的心情而已。

时光很容易沧桑，它真是个调皮的家伙，可以把一切距离拉得长长远远的，彼此在红尘中，奔波劳碌，终于变得不再柔软，像那老房子，一点点，沉积下来，成了琥珀，伴着老树，闪着灵动的光。

开始怀旧了，甚至当年的怒气哀怨，也分外唯美起来。何况斜阳里的倩影，春雨里的落花，都是锦瑟流年。

人生若只如初见，桐花万里丹山路。终是古道，东风，绿树，老桥，人家，一捧嫩芽，一把新韭，岁月静好的日子，哪怕相隔万里，也能嗅出彼此的味道。爱。

就这样吧，路途真的遥远，让我们义无反顾，在一起。

给婚姻做道减法

女友是个可爱的姑娘,自从嫁为人妇后,我就成了她忠实的"随身听"。

开始的时候,是她和老公的恩恩爱爱,听得煞是让人羡慕。可好景不长,这优美的主旋律里面没多久就有了诸多的不和谐音符。

诸如,他怎么会把脱下的袜子放在沙发上呢?他怎么会小便后不冲马桶呢?他怎么会让她和他一起欣赏美女呢……

众多的想不到,让女友变成了一个絮絮叨叨的女人。

看得出,她肯定是忍无可忍了,才和我这般的诉苦。我听了觉得好笑又可气,这些鸡毛蒜皮,算什么呀?只要是还能琴瑟和鸣,就已经是上上签了。

可是,女友不答应,非得想出个办法来,好好整治整治她的老公。

"好吧,那你就放任自流,让他自己在那个脏窝窝里住,你搬出来!"

女友瞪大眼睛:"确定,此法可行?"

"我肯定。"

结果是,女友搬出没多长时间,就开始惦记着,家里会乱成什么样子啊?会不会恶气冲天呀?看她提心吊胆的日子真是不好受。

然而,更可怕的是,一天,她在逛街的时候,居然看到老公和一漂亮美女在开心地热聊（后来才知道，只是偶遇了同事，聊了一些工作中的事）。她一溜小跑躲了起来，在角落里看他们谈笑风生的样子，直把牙根咬得生疼。

回来后，女友对我一阵怒吼，我成了无辜的出气筒，再也不敢多说了。

其实，我也已经知道了她的选择，婚姻的冷暖，她自知啊！

于是，我便趁机做个好人，说："这爱情呀，在谈爱的时候，是卿卿我我，那么庞大雍容华贵，唯恐天下不知；可是，在婚姻里呀，就得做做减法了，减掉那些不属于婚姻的、自欺欺人的、多余的东西。千万不要让这些东西，把你变成那些崇尚不凑合、不妥协、不气馁的'三不主义'短婚族的牺牲品。"

女友一听，立马打道回府。至于后来，无须多言了。女友心甘情愿地给他拾袜子、洗袜子，跟在后面冲马桶，还不时一起评论哪个美女更迷人呢！

其实，打败婚姻的，都是一些小事，婚姻里就该得过且过，别给婚姻加那么多的负累，给婚姻做做减法，治标又治本，轻松又有爱，何乐而不为呢？

而所谓减法，就是在婚姻里，一遍又一遍的耐心，一次又一次的宽容，一天又一天的重复，让婚姻没有臃肿，只剩下它的精华。渐渐地，忘了声音相貌，忘了是非功过，忘了生生死死，只有烟火里，细细的琐碎，彼此相依，彼此执手，温暖共老。

爱情的生路

收到一条短信:"狼来了!"

我知道,这是晴儿,那个长相不漂亮,身材不火辣,温暖得只能让人想到大把大把冬日阳光的典型贤妻良母的晴儿。

那还是几个月前的一天,晴儿告诉我,她老公明子在网上遇到了他的初恋情人,于是明子整个人都阳光了起来,满脸绽放着青春的光彩。当明子将这一切告诉晴儿的时候,晴儿开心地祝贺他。

明子撇嘴:"你是不是妒忌呀?"

晴儿双眼一瞪:"你难道不允许我有异性朋友吗?别忘了,你是我老公!"

明子见晴儿这样心无城府,就坦坦然然地和他的初恋情人聊天去了。

听到这里,我提醒晴儿:"小心,好多婚外情可都是旧情复燃啊!"

晴儿还是那么傻傻一笑:"我拽住他?不让他聊天呀还是和他大吵大叫?相隔几千里地,就当是他表妹好了!"

我狠狠地瞪她一眼:"怎么还这样的不开化!"她反而笑得更加灿烂了,依旧开心地照顾着明子和他们可爱的儿子。

大约四个月之后,一天晴儿给我打电话,说那个她要来我们这座小城。

"谁呀？"我问。

"她呗，明子原来的那个她。"

我一惊，看来，一场不见硝烟的战争就要风起云涌了。"她来干吗？你打算怎么办？"听着晴儿淡淡的语气，我倒先有点急了。

"好好招待！"晴儿丢给我这四个字，不等我说什么，就挂断了电话。

接下来的几天，没有晴儿的任何消息，打电话，关机。

就在我不知所措的时候，收到了晴儿的短信，她所谓的"狼来了"。我马上回电话，晴儿说她忙着呢，过几天再联系吧。果然，接下来的几天晴儿如同在这个世界消失了一般，没有任何音讯。

我不敢想象她的天空会怎样，更想象不到温顺的晴儿会是怎样。

当晴儿神采奕奕地出现在我面前的时候，我有点懵了，拉住她坐下，急切地想知道她的情况："怎么样，你还好吧？"

晴儿冲我露出她那招牌式的微笑："那天，老公去机场接她，我主动与老公商量，为她接风洗尘。老公虽然有点吃惊，但还是答应了。

"之后，我邀请她住在我们的家里，和她一起谈论老公的那些少年趣事。

"我关掉手机，推掉应酬，陪她逛遍我们的小城，尝尽可口的特色小吃。我的小儿子亲切地叫她姑姑，给她讲我们家那些可爱的糗事……然后，我给她和老公独处的空间，不打扰他们的相处。"

听到这里，我吃惊的不得了："你不怕什么吗？"

晴儿用指头点点我："你呀，我做了那么多前期工作，还没这点信心？后来，她就开心地走了。临上飞机前，她对明子说，这次她来，本是想得到点什么的，可没想到，嫂子是这样一个伟大的人，真的将她感动了，她知道，她早该启程了，除了送给我们祝福，她一无所有。"

"原来如此！"我长长地舒了口气。柔弱的晴儿用宽容与真诚化解了这场"战争"，还如此的圆满，没有伤及任何人。

几天后，再次收到晴儿的短信："狼来了，别怕，感动它！"

看着这几个跳跃的美术字，我笑了。

你的右边坐着谁

他和她结婚十年。日子过得平淡但也算富足。

他自诩是个平常的男人，很努力地付出，很努力地奋斗，终也成了有房有车有事业的中年男人。

她是位典型的贤妻良母，知书达理。一直以为自己是他的最爱，常常露出一种幸福的纯净的微笑。

一天，他说，你去学开车吧。她开始拒绝，她觉得，坐在他的后面，看着他熟练地挂挡、转动方向盘，很享受呢。他说，学去吧，学会了会很方便的，忙的时候她就可以去接儿子或者他了。她想，也是。

学开车的时候，她知道了，遇到意外，驾驶员会本能地避让，让副驾驶位置直接面对撞击。那个她认为最亲密的右边位置，原是最危险的。而驾驶员后面的座位是正位，是相对来说最安全的座位。此刻，教练正坐在她的右边，一旦出现紧急情况，教练便麻利地踩下刹车、拉下手刹。虽然是教练的分内工作，但她很感激，她知道，那是对她的保护。她想到了他，十年来，她一直坐在那个最安全的地方，心里暖暖的。

那天，他带着她和儿子去百公里之外的景区游玩。她让儿子坐到了他的后面，她坐到了他的右边。他仍习惯地让她坐到后面去，她却执意坐到他右手边的副座上，一路叮嘱他要小心。

驾龄十六年的他,本没有把这段山路放在心上。忽然一辆汽车直撞过来,他吓得变了脸色,双手握紧方向盘,直向路边打,但劲头太大,如果不刹车,车就会撞到路边的护栏上,后果不堪设想。眼看着,他的车、人就要完了。这时,她狠命地拉起了手刹,带着刺耳的响声,车停了下来。

到底是有惊无险。他长长地舒了一口气。这时,他发现,身边的妻子,脸色煞白,左手仍死死地拉着手刹。

她歪头看看他,笑笑,说:"学车的时候,教练就坐在这儿保护我,现在,我坐这儿对了,可以帮你拉下手刹了。"

他看着她,忽然心里一阵痉挛,想流泪。

他第一次想到,他该和那个女孩分手了。

那个女孩是他的情人,喜欢和他一起飙车。每一次,那女孩都坐在他的后面。他本是喜欢她坐在他的右边的,可以随时摸摸她的手、拍拍她的头,亲热一下的。但每次女孩都拒绝,说:"我才不坐在那个位置呢。"

那女孩,会开车。

同样是坐车,不同身份的女人眼里,就有了不同的结果。情人,在飙车的时候,体会到了刺激的浪漫,认为那是幸福的;而对妻子来说,坐在他的右边,能在他需要的时候,拉一把手刹,带给他平安,就是最大的幸福了。

而他终于明白,离自己最近的人,原是和浪漫无关,与爱相连。

爱的救赎

他和她结婚十年，日子富足，生活平静。

某日，他偶遇一心仪女子，竟如干柴烈火，于是二人同居。

这事，早晚都是要明于天下的。妻子发现，不吵不闹，只是日夜无眠，泪流满腮。他自然舍不得家庭，痛定思痛，与那女子分了手。

结局似乎是完满的，但妻子却从此一蹶不振，精神恍惚，言谈举止，话里行间，总是提起这块伤疤，撕扯着自己的心。即便如此，她依旧尽心尽力地照顾着他，照顾着家。

他看在眼里，疼在心上，深深自责。毕竟，她是个实在挑不出什么过错的贤妻良母。

那时候，他回家的任务就是睡觉，几乎没有多余的话给她。

她知道他累，常常在他回家的时候，轻声问句："累了吗？今天怎么样？"

而他，则淡淡一句："还好。"便吃饭，休息。她收拾完家务，和孩子轻声交谈着，她怕影响他。

而今，他忽然注意到了，那双看着他的痴痴的眼睛，是想和他说话的呀！再回来，除了那句还好之外，他还会给她讲他遇到的趣闻,或者是业务上的进展,或者是不知名的小笑话……

每每这个时候,她的眼里会多出一丝神采,可是,只是片刻,片刻之后就消失殆尽了。

那时候,他很忙,几乎没有电话给她。即使有,也只是一句:"今天出差,不回家了。"要么一句:"不回家吃饭,你们不用等了!"

而她,接到他的平安电话之后,拿着电话怔怔地,多想和他说几句。或者,拨过去,再和他聊几句。但她没有,她怕听到他不耐烦的声音,他忙。

而今,他忽然发现了,每次挂电话时她的欲言又止。于是,每天,他总要抽出那么十几分钟,热情洋溢地和她聊上一会儿。再放电话的时候,他几乎能感受到,从电话线里传来的隐隐的愉悦。

那时候,他几乎从来没有参加过她的朋友聚会。哪怕是她很认真地提出来,请他一起参加,他也会因为种种理由推脱掉。她总是不说什么,悄悄地走开。

而今,他忽然觉得,应该和她一起走走了。于是,他开始参加她的朋友聚会,而且还费尽心思、不动声色地组织各种她喜欢的活动……

他到底是变了一个人,多了听她牢骚的耐心,多了和她交流的话题,多了给她发小脾气的空间……他全心全意地做着,哪怕在别人看来是一种折磨,他也全力以赴,再次将爱浓缩成一个高度。

终于，在他们分居的第二百三十八天，她着一袭性感的睡衣，妩媚地出现在他的门口。他看着她，轻轻走过去，紧紧搂着她，深深吻下去，他和她的泪终又幸福地汇集在一起。

　　这一刻，爱情早已不是什么风花雪月，它更像一件珍贵的沉香木器，随着时间的推移，色泽越来越深，香气越来越浓，被时光，悄悄浸透成亲情。

　　到底，每一颗真心，终将会成为爱情的珍宝。

第八章 / 淡然安放

人生的长河里,
凡事总要有个尘埃落定,
淡然安放。
自此,行走江湖,
各自珍重。

岁月，静好

他和她结婚了，婚后的日子平淡无奇，但也舒心。

一天，他带她回老家，好心的婆婆对她说："去把东东的屋子清理一下，看还有没有该带的东西。"

她笑着答应了。

他的屋子小巧有致，很大一部分是多年积攒下来的书和衣服。她快乐地收拾着，好像和他一起回忆走过的青春时光。忽然，他看见了书中夹着的厚厚的一沓信，码得整整齐齐的。

信封上的字体，是他漂亮的楷体，而信封上的名字，是他曾经提起的"她"，显然，这是他还没有寄出的信。往下翻，都是他收到的信，邮戳上的日期，显示的是他们婚前不远的日子。她猜得出来，肯定是"她"写来的。

她知道，他对她很呵护，很爱惜，也很信任。他曾经把"她"讲给她听，她能感觉到"她"在他心里的那种位置，如清澈的水晶，淡淡的花香，在他的心底萦绕。

她知道，那种感觉，自己是无法给予的。而且，她更知道，他的心底有一个角落，她永远都去不了。她看着那信封，想象着里面该是怎样一种你来我往，她真的很想看一看。

第八章 淡然安放

　　静静地,她想起了自己的新婚之夜,他那样紧紧搂着她,说:"我会好好疼你的,一辈子!"

　　为了这个一辈子,她流泪了。

　　她翻弄着手中的信,到底,停住了伸进信封的手,将那信依旧码好,放在了一个精致的小盒子里,带了回去。

　　当她微笑着将这些给他时,他使劲搂了一下她,然后,一起将它们安放在书橱最底下的抽屉里,相视一笑……

　　在彼此的笑意眼神中,她蓦地感到一种从容,是在时光中闻到甜美和清淡气息的感觉,在盈盈转身的时刻,如绽放的莲花,满是清逸典雅。

　　她知道,她渴望能在向晚的黄昏里,煮一碗粥,和这懂得珍惜的人,共老。

　　人生的长河里,凡事总要有个尘埃落定,淡然安放,自此,行走江湖,各自珍重。一任岁月如驰,沧海桑田,在漫漫岁月中,总有些东西是可以被珍藏着的。任凭千山万水,因为这份安放,便可以更长久,更动人,相伴到永远,如山一样葱茏,水一样清明,温暖着流年,静好。

爱他，就心疼他

"爱一个人就要心疼这个人。"这是婚前妈妈告诉我的。

因而在和老公步入婚姻殿堂后，我们的生活不仅仅是享受爱，更是在诠释心疼的内涵。

老公不善言辞，所谓花言巧语在他这里是根本就没有的。所以，我也从不奢望他会对我有什么爱的表白，还记得刚开始的时候，我哭着鼻子向他要"爱的宣言"呢！如今想来却是可笑。

我偶尔身体不舒服，蜷缩在被窝里，想要杯热水时，床头水杯热水正满；突如其来的大雨，让我不知该如何回家时，老公的身影出现门口；季节悄然转变，应季的衣服少了些，下班时，老公便已带回一套……

从不说什么，从不许诺什么，老公就在这默默中，悄然培植着爱的芬芳。

而我，也是一传统的中国女性，用心"侍奉"着老公。

晨起，将洗好的衣服放在他旁边；下班，做好晚餐等他归来；假日，和他一起回家看公婆……不要求什么，不计较什么，我就在这平凡的日子里，悄悄散发着爱的馨香。

曾有好友问我："都结婚七八年了，怎么也不见你们腻歪呢？"

我笑了。是啊，人们都说七八年的时候婚姻是最容易产生疲倦的时候。可是，如果你一直都在心疼着对方，再想想他每天匆匆忙忙，也都是为了这个家，哪里还有时间去埋怨什么呢？

　　爱一个人就心疼一个人吧，就在默默的生活中享受爱！

爱情在淡然中生长

昨日下班,老公开车来接我,同平常无数个日子一样,他仍旧习惯地为我打开车门。

车遇红灯,停在街口,他望着前面的灯,忽然开口:"老婆,咱结婚几年了?"

"怎么了?烦了?"这个粗心男人竟开始关心这个问题了。

"马上就七年了吧?"

我恍然,时光如逝,原来我们已经相伴七年,心里有些感动,嘴上却和他贫着:"不得了了,七年之痒耶。该抛弃我这人老珠黄找个红颜知己了。"

"好啊,到时请你喝酒。"那为我开车的手拍拍我的头。

"你敢!"这回自己竟有些委屈了。

"男人都这样,美女养眼嘛!不过有这想法没这行动,老婆还是原配的好啊!"他每一个歪歪的道理对我总是有效的,于是,在车内优美的音乐中,我开始想他的种种。

从认识他开始,我便被这个男人没有理由地宠着,任他打点自己的一切,任自己习惯他的一切。静静接受他近乎"严厉"的关怀——"下雨了,我去接你,不许自己回来!""吃肉,必须吃!"

要知道，我是多么不喜欢吃呀，在他的怒吼中，我居然也可以啃大块的骨头了……

常常看别的男人陪自己的女人逛街买衫，心里便生羡慕，无数委屈也随之即来——他没有陪我逛过一次街！

可是望着他拖着疲惫的身体回来，我还有什么抱怨可以说出口。除了心疼还是心疼。不如给他煲一锅汤，在他晚归时端到面前。

儿子与他交流不多，平日见了，竟怯怯的，而这个男人的眼里除了疼爱还是疼爱，这些只有我看得出。高兴时，与儿子称兄道弟，划拳大叫："爽！"偶尔儿子会说："还是老兄好！"（此老兄乃老爸）原来，儿子懂得他的爱。

常被闺中好友责备，说我对每日在外的他不闻不问，不问钱袋不问行踪，这样会很危险的。我一笑，每天为他祈祷平安快乐就已够忙的了，还要什么怀疑？既然已经嫁给了他，再找怀疑，岂不是自寻烦恼？

其实，我知道，自己不是一个好老婆，不太会收拾家务，不太会做针线，有时受了委屈还会和他啰唆得天翻地覆，却从不问他是否接受……

这个粗心的男人，有些懒，也总是让我等他至深夜，但他总让我感觉踏实，感觉有了依靠。于是，我只想说一句：老公，执子之手，愿与子偕老！

爱惊梦

她和他平静地走过了七年之痒,迎来十年锡婚,惹得周围的朋友很是羡慕。如今,能在"十年"这个时候,还如胶似漆的,少见!

可是,网络真是能创造任何意外的东西。他在贴吧里很无意地发了个帖。那是和"狐朋狗友"们在一起闲侃时,谈到了各自的初恋情人,除了他,每个人似乎都知道"初恋情人"的状况,他觉得很丢面子。于是,禁不住众人的怂恿,他贴了信息:"寻找×××,联系电话133××××××××,能提供线索者重谢!"

帖子发上去也就罢了,谁也没有往心里去。将近半年后,他忽然接到一个陌生的电话,问他是不是找×××。他一惊,难道真的是她?通过电话之后,彼此在 QQ 上继续联系,几经核实,终于确定就是彼此!于是,一阵久违的激动,惊扰了他的平静。

回到家,他忍不住将这份忐忑的兴奋告诉了她,她微笑着,很坦然,她知道那个"她"。刚结婚时,收拾他的物品,她看到了他写给"她"的信。当时他说,丢了吧,都过去了。

他却没有去碰那些东西,当然,也没有丢。她仍然给他放在了书橱的角落。

如今,看他那怯怯的样子,她笑了:"看你,焕发第二次青春了？"他不好意思："别拿我开玩笑啊，这不是向你请示，能不能联系嘛！"她戳了他一下："多少年了，谁还不知谁怎么回事吗？我能把你的同学打出去不成？"

他知道，她默许自己和"她"联系了！她相信自己的老公，十几年的相识和信任，让她坚信，任何的醋都无法将她侵蚀。所以，她不吃"她"的醋！

当他告诉她，"她"要来他们的小城时，她和他一样快乐，去车站接"她"，在小城最好的饭店为"她"接风洗尘。饭桌上，"她"说从他那里知道了嫂子的善良，贤惠得让人找不出任何的不是。她笑着说言过了。晚上，"她"住到了旅馆，他和她回家。一夜无语。

这是十年来的反常。

午夜，忽然下起了雨，她侧身，不见他，他立在窗前，一动不动。她也不再动，听着哗哗的雨，心里莫名地开始潮湿。是因为雨天吗？

她是那么真诚而简单地看待这一切，她只不过觉得是有朋自远方来，不亦乐乎！

第二天，他早早地去旅馆了，直到傍晚也没有见到他。第三天，雨竟然一直没有停，他走进家门，见她仍是前两天的状态：平静。

他走上前去，拥住她，她的泪终于流了下来。

女人，你何必做得那么好？不吃醋，又那么善良，这样傻傻的做法，是捍卫爱情的最大失职。

女人，总是要学着吃醋的，而且要常常吃，就如同醋熘土豆丝，让自己爱的土豆丝保持住酸酸、脆脆的口感，这才是爱的最好宣言！

这个世界，总是有爱情会惊动了梦。忽然之间，心就动了，是的，动了，是因为懂了，而懂一个人，比爱一个人，更要命。是蒹葭苍苍，白露为霜，有美一人，直抵灵魂。是没有早一步，也没有晚一步，就那么严丝合缝，重叠。